2011 不求人文化

2009 懶鬼子英日語

I'm 我識出版集團
I'm Publishing Group
www.17buy.com.tw

2006 意識文化

2005 易富文化

2004 我識地球村

2001 我識出版社

2011 不求人文化

2009 懶鬼子英日語

我識出版集團
I'm Publishing Group
www.17buy.com.tw

2006 意識文化

2005 易富文化

2004 我識地球村

2001 我識出版社

我的第一本
英文學習書

學好英文，隨時可以重來

Step 1

重點英文文法，完整歸納

在學習每一單元的文法概念之前，會先舉出簡單的例子，帶出該單元的學習重點，讓讀者能透過前導說明搶先掌握各單元的文法概念。

名詞
NOUN

電腦、星際爭霸、韓國、瑪丹娜、長白山、披薩、華盛頓、月亮…
就像這些詞彙一樣，世界上所有的人事物都有自己的名字。
每個月依時間不同呈現盈缺的天體，我們稱之為「月亮」。
提到「月亮」，人們便馬上想到「每個月依時間不同呈現盈缺的天體」。

正因為萬物皆有其名字，我們才能夠輕易區別世界上數不清的

Step 2

英文文法圖像化

本書的漫畫並非單純地只是為了吸引讀者的興趣而已，重要的是：透過漫畫引導讀者輕鬆理解各單元的學習內容，不再害怕學習英文。

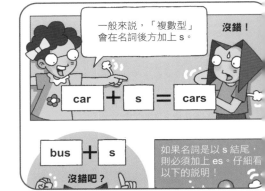

Step 3

英文的詞性角色化，提升學習效果

與其他文法書不同的地方在於：本書特將英文文法中主詞、動詞、受詞等的主要詞類擬人化，以詞性作為本書的主要角色，透過人物、情節發展，來提升讀者學習英文文法的記憶力。

主詞　　　　動詞　　　受詞

補語

Step 4

分析各個例句，
掌握句子的主要結構

本書專為英文初學者或是想打好英文基礎的讀者設計，因此，漫畫中出現的文法例句，皆透過角色們的解說和分析，讓讀者能輕鬆理解英文句子的主要構成要素。

> **This is a pretty doll.**
> 這是一個漂亮的娃娃。

■表示事物性質或狀態的形容詞

This is a pretty doll.
　　　這是一個漂亮的娃娃。

漂亮的 ＋ 娃娃
描述娃娃是漂亮、醜陋、有不有趣等，為表示狀態的形容詞。

This book is very interesting.
　　　這本書非常有趣。

＋ 有趣的

A fox is cunning.
狐狸很狡猾。

狐狸 ＋ 狡猾的
描述狐狸是乖巧的或是狡猾的，為表示性質的形容詞。

■代名詞行使形容詞的功能

那 that ＋ That girl has a book.
那個女孩有一本書。

這 these ＋ The frost killed these flowers.

Step 5

各單元要點整理，
快速熟記英文文法

讀完整個單元之後，本書歸納整理出該單元的重要文法概念，重新整理筆記的過程中，也重新整理了思緒，統整學習重點，讓讀者不容易忘記。

> **要點整理** ●●●●● **名詞的種類**
>
> ▶ 普通名詞：有明顯外觀可以輕易做區分的名詞。
> | book | car | apple | mother |
> | （書） | （汽車） | （蘋果） | （媽媽） |
> ▶ 集合名詞：好幾個人或物品一起聚集起來，成為一個集合
> | family | class | team |
> | （家人） | （班級） | （團隊） |
> ▶ 抽象名詞：沒有明顯外觀的名詞。
> | love | peace | art | life |
> | （愛） | （和平） | （藝術） | （人生） |
> ▶ 物質名詞：沒有具體的外形、大小的物質或材料所組成
> | milk | water | sugar | coffee |
> | （牛奶） | （水） | （糖） | （咖啡） |
> ▶ 專有名詞：如同人名、地名、星期等，在世界上獨一無二
> 第一個字母需大寫。
> | Tom | Seoul | Korea | Sun |
> | （湯姆） | （首爾） | （韓國） |

Step 6

隨堂小測驗，掌控學習進度

每個單元的最後面附有隨堂小測驗，透過練習題，不僅可以測試自己對於該單元的文法是否正確理解，也能夠有效掌握學習進度、調整學習的節奏。

> **A** 請寫出劃線部份的名詞種類。
>
> 1. This is a <u>zebra</u>.
> 2. Those are <u>foxes</u>.
> 3. <u>Water</u>, please.
> 4. <u>Love</u> is blue.
> 5. The <u>earth</u> is round.
> 6. She will visit our <u>team</u> this Saturday.
>
> **B** 請寫出下列名詞的複數型。
>
> 1. bus - 　　　　　　2. lunch -
> 3. car - 　　　　　　4. man -
> 5. toy - 　　　　　　6. family -
> 7. potato - 　　　　8. life -
> 9. child - 　　　　　10. Chinese -

之所以會想出版學習英文的工具書，是因為近年來學英文的人變多，而且使用人數也相對上升。面對完全不同於自己母語的英文，許多學習者在學習之路上常常碰壁。因此，我們想幫助學習英文的人都能夠以輕鬆又沒有負擔的方式來學英文，藉此建立對於學習另一種新語言的信心。

不過，本書雖然是較為輕鬆的學習工具書，但是其實在內容上絲毫不馬虎，一點都不會輸坊間厚厚的英文學習書。本書的漫畫插圖從第一頁到最後一頁皆是請畫家參考學習內容繪製漫畫，在學習內容上也是非常謹慎地編輯過。另外，我們也在每一個單元的最後部分，多添加了「隨堂測驗」習題，讓讀者能重新複習、確認前面所學的內容。

我們相信《我的第一本英文學習書：學好英文，隨時可以重來》能夠成為基礎英文文法學習書中，大家喜歡並支持的學習工具書。我們思索其可能被讀者喜愛的原因，歸納出以下幾種因素。第一，因為看漫畫就能學會英文文法，這點對於學習文法來說，可以增進學習效率。原本枯燥乏味的英文文法，竟然透過漫畫就可以吸收文法概念，對於認為學英文文法很痛苦的學習者來說，無非是一大福音啊！本書精心繪製的漫畫，不僅將文法觀念完整呈現，也將重點概念細心地整理，讓讀者可以用輕鬆的心情來習得基礎的文法。

第二個可能受眾多讀者喜愛的原因是：循序漸進的文法講解。本書一開始先介紹簡單且容易理解的名詞、動詞、形容詞、副詞……等詞類介紹，再搭配圖表以及例句，讓讀者在初學階段，不會感覺到有負擔，藉此建立信心，繼續往較難的文法概念去學習。本書有一大篇幅專門講解英文中的各種時態，時態是和外國人溝通時最不可或缺的元素，把實用的基礎時態與假設語氣做了最佳整理，精選各種時態，從必備的現在式、過去式，到進階的完成式，甚至是假設語氣，本書均透過表格與圖解，將英文所有時態徹底釐清。唯有學好了時態，才能和外國人順利地聊天，也才能夠將文法打好基礎。

最後卻也是最重要的一項因素─隨堂練習題，雖然大家都不愛考試，但是，想要學好英文文法必備的關鍵莫過於「練習題」。接收了這麼多的文法概念，在學習後若是沒有立刻提筆寫題目，不但難以掌握自己的吸收程度，也很難追蹤學習英文的進程。因此，我們特別增加了練習題，讓學習者可以做自己學英文的主人。

　　不論你是小學生、國中生、高中生、大學生，或是職場人，只要你需要用到英文，學英文、想打好英文基礎，看這本書其實就夠了！這本書能得到眾人的好評與喜愛，主要是本書以漫畫的方式，將大多數人最頭痛的英文文法，以輕鬆有趣的模式呈現，讓讀者學英文文法能重建信心，重拾興趣。

　　所以，在打開這本書的時候，用看漫畫的心情，毫無負擔地學英文文法吧！並且，在學習過程中，把這本書放在隨手可得之處，例如：廁所、床邊、餐桌上……等等，在閒暇之餘可以拿起來閱讀，在看漫畫的過程中，就能夠增進自己的英文實力，是一件多麼美妙且神奇的事啊。或是在你臨時需要這本書的時候，例如想再多了解英文的「時態」，就把本書拿出來，重新複習一遍「時態」的單元。只要你想，隨時隨地都可以把本書拿出來翻翻，好好地閱讀這本書，和別人一起討論英文文法重點，無形間也會促進彼此間的關係喔！

　　希望各位讀者可以藉由本書《我的第一本英文學習書：學好英文，隨時可以重來》，將自己對學英文文法的恐懼與厭惡全部丟掉，重新拾回信心，以輕鬆愉快的心情來學習英文吧！

金暎焄、金炯奎

2017.05

從小開始學英文,遇到的每一位老師總是説英文最重要的就是英文文法,文法絕對要學好,因為英文文法是決定英文成敗的關鍵。文法就像人的骨架一樣,是撐起英文的支架,不論是寫作文、書面報告,甚至是與他人用英文交談,都需要文法的支撐。所以我們就可以知道文法是學習英文的基礎。

然而,很多台灣人在學習英文的過程中,最想逃避的一塊就是英文文法,原因大多是:聽不懂、記不起來、不會用……等。想要多看相關書籍,來讓自己對英文文法更加熟悉。走過一間間書店,卻無奈地發現:市面上所販售的文法教科書,大多都是字數多到讓人讀不下去,很容易讓學習者學得灰心。回到課堂上,想要認真聽老師的文法講解,卻總力不從心,有時候昏昏欲睡,有時則是鴨子聽雷。放學回家後想要複習所學,當然也就不知道該從何開始。

學習英文文法不是件簡單的事,畢竟是一個不同於中文的語言,用法、句子結構、思考邏輯上,都有所差異。想要學好英文文法,絕對不能死記硬背,除了要花時間,也需要有效果的工具書,來幫助大家學習英文文法,藉此打穩英文的基礎。

因此,這本書的兩位作者花費許多心力,運用自己教學上的經驗,構思著作了這本書。書中清楚地介紹每個英文文法重點,不會像一般文法書有過多的解釋,反而阻礙了學習。作者們深知透過有趣的漫畫插圖,將文法重點融入漫畫裡,可以讓學習過程不無聊,又容易記住。在每一個單元的最後,附有分析整理過後的文法重點筆記,讓讀者能夠加深學習的印象,可以順利地記得每種用法,穩紮穩打英文的基礎,提升自己的英文實力。

最後,希望這本《我的第一堂英文學習書:學好英文,隨時可以重來》能夠真正地幫助每一位想要打好英文基礎、或是希望能找到最簡單的方式學好英文文法的讀者,輕鬆又順利地學好英文,也祝福各位都可以找到學習英文的熱忱喔!

試閱好評 ❶

　　自從考完學測、推甄上大學後，因為再也用不到英文了，順手就把高中英文課本都丟掉，度過一個輕鬆的暑假；上了大一必修的英文課，發現還是有需要用到英文的時候，為了複習之前學過的英文，在書局裡尋尋覓覓，都找不到喜歡的參考書。剛好接到出版社的試閱邀請，書中內容輕鬆活潑，儘管一段時間沒有唸英文，搭配漫畫和詳細解說，讓我在短時間內重拾文法，真的是太讚了！

—— 大一生 / 周星廷

試閱好評 ❷

　　水深火熱的高三生活，每天有做不完的考卷、試題，被課業壓得喘不過氣。但是，做了這麼多題目，卻常常記得這個英文文法概念、另一個觀念就忘記了。我想找個好方法把文法記牢，面對英文考試不再慌亂。在試閱了《我的第一本英文學習書：學好英文，隨時可以重來》後，輕鬆逗趣的漫畫，讓我重新建立文法基礎；例句的分析講解，也讓我釐清英文句子的結構，這本書對我來說就像是沙漠裡的一杯水一樣呢！

—— 高三生 / 廖宇安

試閱好評 ❸

　　最近想要檢視自己的英文能力，於是報考英文檢定。打算利用下班時間，在家自學英文。我想從文法開始打好基礎，因為我認為文法是英文成敗的關鍵，所以選擇好的工具書是我第一件要做的事。剛好接到了《我的第一本英文學習書：學好英文，隨時可以重來》的試閱邀請，簡單但清楚的文法講解，讓我不費力地記住正確文法觀念，有趣的漫畫讓我讀得津津有味，也讓我對於即將到來的英文檢定充滿信心。

—— 行政助理 / 林彥君

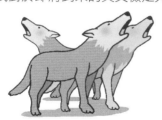

目錄
Contents

Chapter 2 詞性 Part of Speech

Chapter 3 句子結構 Sentence Structure

目錄
Contents

什麼是人稱？

説話的人

聽話的人

那什麼是第三人稱？

I'm Ori.

句子
SENTENCE

句子
SENTENCE

2. 句子的種類

Mom, have some pizza.
媽媽，請吃披薩。

命令句

好 吃

How delicious!
真的好好吃！

感嘆句

果然還是媽媽做的菜最好吃！

你竟然都吃完了，連一點也沒分給我們！

就像這樣，英文句子大致可分成**敘述句、疑問句、命令句、感嘆句**。

疑問句

敘述句 命令句 感嘆句

■ **句子的種類**

敘述句：講解的句子　　　　　　　　　　　**I like pizza.** 我喜歡吃披薩。

疑問句：詢問的句子　　　　　　　**Do you want some Coke?** 你要喝可樂嗎？

命令句：作出指示或命令的句子　　　　**Mom, have some pizza.** 媽媽，請吃披薩。

感嘆句：表示説話者感受的句子　　　　　　　**How delicious!** 真的好好吃！

3. 句子的構成要素

想要製作披薩，就得需要各種材料。

嘻 嘻 嘻一

披薩裡面加了什麼，怎麼會這麼好吃？**媽媽一定是施了魔法吧？**

番茄醬

披薩是由青椒、番茄醬、蘑菇等食材製成，對吧？那麼，英文句子是由什麼組成的呢？

句子

怎麼突然從披薩講到英文句子的構成要素？

當然是為了幫助你學英文囉！用英文説説看「**媽媽做了披薩**」。

My mom made pizza.
（主詞）（動詞）（受詞）
我媽媽做了披薩。

我知道了！

叮咚叮～

英文句子是由**主詞、動詞、受詞、補語**等要素所構成的。

動詞 主詞 受詞 補語

如果只有講「我是……」句子並不完整，對吧？

I love you.
我愛你。
I ≠ you

I am an artist.
我是藝術家。
I = artist

■ 句子的構成要素

1. 主詞：為行使某一動作或行為的主體，通常是「某人」或「某物」。

2. 動詞：表示主詞所做的動作或行為。

3. 受詞：表示該動作或行為所影響的對象。

4. 補語：用來補充說明主詞或受詞的狀態或性質的詞。

詞性
PARTS OF SPEECH

名詞
NOUN

電腦、星際爭霸、韓國、瑪丹娜、長白山、披薩、華盛頓、月亮…
就像這些詞彙一樣，世界上所有的人事物都有自己的名字。
每個月依時間不同呈現盈缺的天體，我們稱之為「月亮」。
提到「月亮」，人們便馬上想到「每個月依時間不同呈現盈缺
的天體」。

正因為萬物皆有其名字，我們才能夠輕易區別世界上數不清的
人事物。

如果，世間萬物都沒有名字，想必人類之間的溝通一定會困難
重重吧！

存在於世界上的所有人事物皆有屬於自己的名字，在學習語言
的時候，我們將這名字稱之為〈名詞〉。

1. 名詞的種類

瑪麗，老師要我們先預習名詞的種類。

來，開動吧！

哇～看起來好好吃哦！

是喔？那好！我們一邊吃一邊學習吧！

在這裡預習嗎？沒有帶書來耶！

別擔心！

像我們現在在吃的**漢堡**（hamburger）和**三明治**（sandwich）就有能夠輕易區分的明顯外觀。

普通名詞！

那麼，相反地，沒有明顯外觀的名詞呢？

沒有明顯外觀的名詞嗎？是**抽象名詞**！

我對瑪麗的心意是愛（love）！

啊～對啊！！！像可樂這種沒有固定模樣和大小，無法數其數量的物質、材料，我們稱之為「**物質名詞**」。

可是，為什麼不可以數呢？

依不同容器，有不同形狀

因為，它的外型與大小會因環境而改變，所以才不能數喔！

那這些也都是物質名詞囉？

牛奶

哩—哩哩哩

喂，媽媽！好，我知道了。

怎麼了？

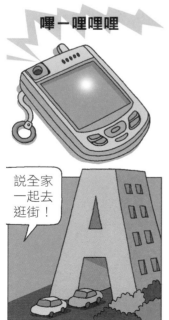

說全家一起去逛街！

家人住在同一個房子裡

家人都住在一起，所以是「**集合名詞**」！

是的，沒錯！

對吧？

我們明天去淡水玩吧！

淡水？淡水是什麼名詞？

哇哈哈哈～

當然是**專有名詞**囉！因為是在這世界上獨一無二的，就像我們的名字一樣，這世界上只有這一個人，所以就是專有**名詞**啦！

我們一邊吃東西，就已經把名詞的種類都學起來了呢！

拜拜！

要點整理 ●●●●●● 名詞的種類

▶ **普通名詞**：有明顯外觀可以輕易做區分的名詞。

book	car	apple	mother	pencil
（書）	（汽車）	（蘋果）	（媽媽）	（鉛筆）

▶ **集合名詞**：好幾個人或物品聚集起來，成為一個集合體的名詞。

family	class	team
（家人）	（班級）	（團隊）

▶ **抽象名詞**：沒有明顯外觀的名詞。

love	peace	art	life
（愛）	（和平）	（藝術）	（人生）

▶ **物質名詞**：沒有具體的外形、大小的物質或材料所組成的名詞。

milk	water	sugar	coffee
（牛奶）	（水）	（糖）	（咖啡）

▶ **專有名詞**：如同人名、地名、星期等，在世界上獨一無二的名詞。第一個字母需大寫。

Tom	Seoul	Korea	Sunday
（湯姆）	（首爾）	（韓國）	（星期日）

3. 名詞的數（單數和複數）

哇～
天氣真好！

哇嗚！

來到淡水，
真的很涼爽呢！

我們來玩
遊戲吧！

GAME
！

我們來玩可數名詞和不
可數名詞的接龍遊戲。

嗯嗯！

好啊！這種東
西難不倒我！

呵呵呵～

可數名詞是？

普通名詞和
集合名詞！

抽象名詞、物質名詞
和專有名詞！

那不可數名
詞是？

There are many car in the parking lot.
停車場裡有很多車子。

哪裡有錯？

如果可數名詞有兩個以上時，就是複數，應在後方加上 s 或 es。

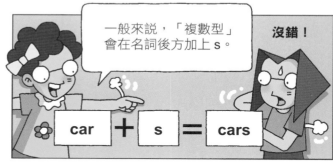

一般來說，「複數型」會在名詞後方加上 s。

沒錯！

car ＋ s ＝ cars

那個呢？　公車嗎？

bus ＋ s

沒錯吧？

如果名詞是以 s 結尾，則必須加上 es。仔細看以下的說明！

叮！

如果名詞尾端是以 s, sh, ch, x, z 結尾，或是以子音＋o 結尾，後方應加上 es。

dish-dishes
（盤子）

watch-watches
（手錶）

tomato-tomatoes
（番茄）

※**ch** 如果發音為 **[k]**，則加上 **s**。**stomach- stomachs**（胃）

以子音＋y 結尾的單字，須先把 y 改成 i，然後再加上 es。

baby- babies
（嬰兒）

dragonfly- dragonflies
（蜻蜓）

※ **母音＋y** 結尾的單字，只需加上 **s**。**boy- boys**（男孩），**day- days**（天）

以 f, fe 結尾的單字，須先把 f, fe 改成 v，再加上 es。

knife- knives
（刀）

wolf- wolves
（狼）

原來名詞複數型有規律可循啊！

規則

也有不規則的名詞複數型喔！

下面會再介紹

像這種單字就只能死記囉…

真是折磨人！

■不規則複數型的名詞

man- men　　**mouse- mice**　　**goose- geese**　　**tooth- teeth**
（人）　　　　（老鼠）　　　　（鵝）　　　　（牙齒）

■永遠是複數型的名詞
（成雙成對的名詞）

pants
（褲子）
glasses
（眼鏡）
shoes
（鞋子）
scissors
（剪刀）

■單數和複數型相同
的名詞

sheep（綿羊）　**deer**（鹿）

要點整理 ●●●●●● 名詞的數（單數和複數）

1. 可數名詞和不可數名詞

■可數名詞（普通名詞、集合名詞）**car　apple　dog　family　team　class**

■不可數名詞（抽象名詞、物質名詞、專有名詞）**love　peace　milk　Monday**

2. 複數型

■通常會在名詞後方加上 **s**。

book- books（書）**cap- caps**（帽子）**ball- balls**（球）**car- cars**（車子）

■如果名詞尾端是以 **s, sh, ch, x, z** 結尾，加上 **es**。

bus- buses（公車）**dish- dishes**（盤子）**fox- foxes**（狐狸）

★ **ch** 如果發音為 **[k]**，則加上 **s**。**stomach- stomachs**（胃）

■以子音＋ **y** 結尾的單字，須先把 **y** 改成 **i**，然後再加上 **es**。

baby- babies（嬰兒）**dragonfly- dragonflies**（蜻蜓）

★母音＋ **y** 結尾的單字，只需加上 **s**。**boy- boys**（男孩）**day- days**（天）

■以 **f, fe** 結尾的單字，須先把 **f, fe** 改成 **v**，再加上 **es**。**knife- knives**（刀）

■不規則複數型的名詞 **man- men**（人）**tooth- teeth**（牙齒）**mouse- mice**（老鼠）

■永遠是複數型的名詞（成雙成對的名詞）**glasses**（眼鏡）**shoes**（鞋子）**scissors**（剪刀）

■單數和複數型相同的名詞 **sheep**（綿羊）**deer**（鹿）

A 請寫出劃線部份的名詞種類。

1. This is a <u>zebra</u>.
2. Those are <u>foxes</u>.
3. <u>Water</u>, please.
4. <u>Love</u> is blue.
5. The <u>earth</u> is round.
6. She will visit our <u>team</u> this Saturday.

B 請寫出下列名詞的複數型。

1. bus -
2. lunch -
3. car -
4. man -
5. toy -
6. family -
7. potato -
8. life -
9. child -
10. Chinese -

C 請選出錯誤的句子。

1. ① There's a beach near here.
   ② Mari is singing song.
   ③ They have enough cups.
   ④ We sang some songs.

2. ① Ori was listening to music.
   ② Does she have any money?
   ③ I eat a rice every day.
   ④ Mari has a car.

3. ① There's some sands in my shoes.
   ② He has many friends.
   ③ She has a lot of money.
   ④ There was some juice in the bottle.

D

請選出適當的詞。

1. There_____ some wine in the bottle.
   ① is   ② are
   ③ be   ④ being

2. Mice_____ afraid of cats.
   ① is   ② are
   ③ was   ④ be

3. Mathematics_____ my favorite subject.
   ① is   ② are
   ③ be   ④ were

4. My father has almost_____ .
   ① two hundred sheep   ② two hundred sheeps
   ③ two hundreds sheep   ④ two hundreds sheeps

5. There are_____ in the park.
   ① six child   ② six childs
   ③ six children   ④ six childrens

[正解]
A 1. 普通名詞　2. 普通名詞　3. 物質名詞　4. 抽象名詞　5. 專有名詞　6. 集合名詞
B 1.buses　2.lunches　3.cars　4.men　5.toys　6.families　7.potatoes　8.lives　9.children
   10.Chinese
C 1. ②　2. ③　3. ①
D 1. ①　2. ②　3. ①　4. ①　5. ③

[解説]
C 1. ② 改成 a song 才正確　C 2. ③ rice 不加 a　C 3. ① sand 是不可數名詞，因此不加 s
D 2. ② mice 是 mouse 的複數型，因此 are 才正確。

冠詞
ARTICLE

如同「王冠」一詞，「冠」指戴在頭上的東西。
國王戴王冠，警察戴警帽，稻草人戴草帽。
如果稻草人戴上王冠，國王戴上草帽的話，會變得怎麼樣呢？
那當然是荒唐可笑的囉！
理由是：他們沒有戴上符合自己身分的帽子。

我們可藉由帽子，了解到有關那個人或物品的各種情報。
英文裡的「冠詞」也是如此的，冠詞會放在名詞前方，用來提
供各種幫助及作用。

如同國王戴王冠，「名詞」也要戴上「冠詞」這頂帽子。
透過〈冠詞〉，我們才能夠對該「名詞」更加了解。

1. 不定冠詞

a, an

※ 不定冠詞只接在單數名詞前方，絕對不可與複數名詞一同使用。

所謂的「不定冠詞」，就是指「不確定」的冠詞。

不 不確定的「不」

定 決定的「定」

看來我也沒那麼笨嘛！

碎！

啊，偏偏招惹到這附近最凶惡的狗。

鏘

■當表示代表性、一般性時

A dog is faithful. 狗是忠誠的。

汪汪汪汪—

A dog 並非只有指一條狗，而是泛指 狗這種動物。

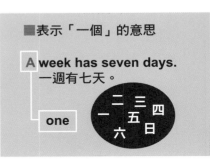

■表示「一個」的意思

A week has seven days.
一週有七天。

one

一 二 三 四 五 六 日

■ **a** 和 **an** 的使用方法

子音開頭的字前方，加 a

a pencil

a girl

母音開頭的字前方，加 an

an egg

an apple

He is **an** honest boy.
[`ɑnɪst]
他是一位誠實的少年。

An hour is 60 minutes.
[aʊr]
一個小時是六十分鐘。

2. 定冠詞

固定的冠詞！

■複述前文已經提過的人事物時

There is a book on the desk.

書桌上有一本書。

The book is very interesting.

那本書非常有趣。
（前一句提過的的那本書）

■在談話中，雙方皆清楚的人事物

Open the window, please.

請打開窗戶。

■加在形容詞最高級前方

She is the most beautiful girl in our class.

她是我們班最漂亮的女生。

■世界上獨一無二的物品、自然現象、方位等的名詞前方。

the sun 太陽

the moon 月亮

the north 北部地區

3. 不使用冠詞的情況

a an the

■呼喚他人時

Ori, where are you ?
奧利，你在哪裡？

Mom, I'm home.
媽媽，我回到家了。

■運動、飲食、季節等名詞前不使用冠詞
I like soccer. 我喜歡足球。
I had breakfast. 我吃過早餐了。
She likes winter. 她喜歡冬天。

※ 樂器前方，要加 **the**
　　He can play the piano.
　　（他會彈鋼琴。）

■用來表示名詞的功能

He goes to church on Sundays.

他每週日去教堂做禮拜。

去教堂做禮拜的情況
（上帝，請保佑我可
以把英文學好。）

He went to the church.

他去了教堂。

因其他目的而去教
堂的情況（去教堂
修理壞掉的椅子）

要點整理 ●●●●●● **冠詞**

1. 不定冠詞（a, an）：如同「不定」一詞，用來指示不確定的人事物。
　　■表示「一個」　**A week has seven days.**（一週有七天。）
　　■表示代表性、一般性時　**A dog is faithful.**（狗是忠誠的。）

2. 定冠詞（the）：用來指示確定的人事物。
　　■複述前文已經提過的人事物時
　　　There is a book on the desk. The book is very interesting.
　　　（書桌上有一本書。那本書非常有趣。）
　　■加在形容詞最高級前方　**She is the most beautiful girl in our class.**
　　　（她是我們班最漂亮的女生。）
　　■世界上獨一無二的事物　**the sun**（太陽）**the moon**（月亮）**the north**（北部地區）

3. 省略冠詞的情況：雖然名詞前方需使用冠詞，但下列的情況可省略。
　　■呼叫他人時　**Mom, I'm home.**（媽媽，我回來了。）
　　■飲食、運動、季節等名詞前　**I like soccer.**（我喜歡足球。）
　　■用來表示名詞的功能時　**He goes to church on Sundays.**
　　　　　　　　　　　　　　　（他每週日去教堂做禮拜。）

A

請填入 **a, an** 或 **the**，若不需要，則打 **X**。

1. There's _____ apartment building in the corner.

2. She drank _____ cup of coffee while she was reading newspapers.

3. He lives in _____ Alaska.

4. Have you ever seen _____ elephant?

5. Are you _____ busy?

6. I have _____ money.

7. My father is reading _____ newspaper.

8. Do you like _____ apples?

9. Does Sora want to be _____ actress?

10. She is wearing _____ sunglasses.

11. Sam is _____ university student.

12. Is Ori reading _____ exciting story?

13. Bora is studying _____ English.

14. Mr. Stanley is _____ English teacher.

15. Are those your _____ shoes?

16. Sora worked here yesterday for _____ hour.

17. The young boy was not wearing _____ clothes.

18. This wine is _____ expensive.

19. I went to _____ sea during my summer vacation.

20. What is _____ name of the next station?

21. Ori is _____ best student in our class.

22. _____ city museum is closed today.

23. Giant pandas and _____ tigers are both endangered animals.

24. Christmas comes once _____ year.

25. Mari always watches _____ TV in the evening.

26. _____ sun is the center of the solar system.

27. My sister is playing _____ piano.

[正解]
A 1.an 2.a 3.X 4.the / an 5.X 6.X 7.the / a 8.X / the 9.an 10.X / the 11.a 12.an / the 13.X 14.an 15.X 16.an 17.X / the 18.X 19.the 20.the 21.the 22.The 23.X 24.a 25.X 26.The 27.the

[解説]
A 6. money 是不可數名詞。

A 11. university 並非以母音開始發音的單字。

代名詞
PRONOUN

這裡要提及的名詞有 **A**、**B**、**C**、**D**。
如果每次提及時，都要把那名詞的名字 **A**、**B**、**C**、**D** 講出來，
不是很麻煩嗎？
奧利和瑪麗去了遊樂園玩。
奧利說「我要玩雲霄飛車、碰碰車、旋轉木馬」。
瑪麗一說完「好啊！我要玩雲霄飛車、碰碰車、小火車、旋
轉木馬、**A**、**B**、**C**……」
奧利就說「你說什麼？雲霄飛車、碰碰車……（好累啊！）」
天哪！是不是很累呢？

這麼多遊樂器材的名稱，奧利都得再重複一遍嗎？
不是這樣的。
如果有「代名詞」，一次便能全部解決。
「什麼？那些你全都要玩嗎！？」
如上所提的，能取代「名詞」的，
就是〈代名詞〉。

1. 人稱代名詞

說話者，第一人稱

I like cake.
我喜歡蛋糕。

聽話者，第二人稱

How about **you**？
你呢？

Of course.

什麼是人稱？

說話的人

聽話的人

那什麼是第三人稱？

除了說話者（第一人稱）和聽話者（第二人稱）以外，其餘的人或物，都是第三人稱。

Who is that man？
那個人是誰？

你好！

第三人稱

He is my cousin.
他是我的堂兄弟。

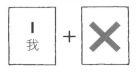

要點整理 ●●●●●● 人稱代名詞的變化

主格	主格＋ be 動詞	所有格（的）	受格	所有格代名詞
I	I am	my	me	mine
you	you are	your	you	yours
he	he is	his	him	his
she	she is	her	her	hers
it	it is	its	it	-
we	we are	our	us	ours
they	they are	their	them	theirs

2. 指示代名詞

「這個」是
我的花。

「那個」是
誰的花呢?

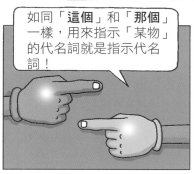

如同「**這個**」和「**那個**」
一樣,用來指示「某物」
的代名詞就是指示代名
詞!

對近處的東西

原來是這樣
使用的啊!

對遠處的東西

this
these 近 ← → 遠 that
those

3. 不定代名詞

...

...

什麼?

你在指哪
裡啊?

不明確指出對象為
何的代名詞,就是
不定代名詞。

那麼,英文中的
不定代名詞又有
哪些呢?

「人」的 one 用來指非特定的人。

所有格　one's
受格　　one
複數型　ones

「物」的 one 使用在已提過但不指定的物件。

one 和 it
兩者皆可用來取代前面已提及過的名詞。當並未確切指出某一物品為何時，使用 one；如果要確切指出某一物品為何時，則使用 it。

I need a pen. Can I borrow one?
我需要一支筆，可以借我一支嗎？

並未指定是哪一支筆

I want the ruler. Can I borrow it?
我要那把尺，那個可以借我嗎？

被指定的尺

4. it 的特殊用法

人稱代名詞的一種。

Cold!
好冷哦！

我們可以只說「冷」，但在英文中可用 it 指天氣。

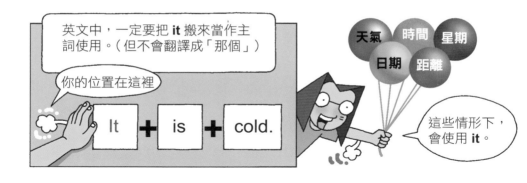

要點整理 ●●●●●● 代名詞

1. 人稱代名詞—指示「人」的代名詞。

▶「說話者」為第一人稱。

▶「聽話者」為第二人稱。

▶除了說話者和聽話者以外,其餘的人、物皆為第三人稱。

2. 指示代名詞—如同「這個」和「那個」一般,用來指「某物」的代名詞。

距離或時間上較近的事物,使用 **this / these**(這/這些)。

較遠的事物,使用 **that / those**(那/那些)。

3. 不定代名詞—不指定的對象。

▶「人」的 **one**:用來指非特定的人。

One must do one's best.(人必須盡自己最大的努力。)

▶「物」的 **one**:使用在已提過但不指定的物件。

Do you have a doll? Yes, I have one.(你有洋娃娃嗎?是的,我有。)

▶ **one, it**:取代前面已提過的名詞。

one 用在並未切指出某一物品為何,**it** 用在確切指出某一物品為何。

I need a pen. Can I borrow one?(我需要一支筆,可以借我一支嗎?)

I want the ruler. Can I borrow it?(我要那把尺,那個可以借我嗎?)

4. it 的特殊用法—人稱代名詞的一種。

我們會直接講「冷」這個字,但是英文中,則習慣用 it 表示天氣。

▶天氣:**It is cold.**(天氣好冷。)

▶時間:**It's five thirty.**(現在是五點三十分。)

▶星期:**It's Friday.**(今天星期五。)

▶日期:**It's July 1st.**(今天是七月一日。)

▶距離:**It's two kilometers.**(距離是兩公里。)

A

請選出符合句意的詞。

1. Ori and Mari are good friends. ＿＿＿ study together.
   ① They　　　② She　　　③ He　　　④ Them

2. Mari and I are from Korea. ＿＿＿ are Koreans.
   ① They　　　② We　　　③ She　　　④ It

3. I am going to play tennis with ＿＿＿ .
   ① she　　　② her　　　③ he　　　④ his

4. ＿＿＿ name is Ori.
   ① He　　　② She　　　③ His　　　④ They

5. This computer is ＿＿＿ .
   ① my　　　② mine　　　③ her　　　④ our

6. Mari : Where is my pencil?
   Ori : ＿＿＿ is on the sofa.
   ① It　　　② One　　　③ They　　　④ Its

7. Bora : What time is ＿＿＿ ?
   Sora : It is 10:10.
   ① they　　　② them　　　③ it　　　④ that

8. Ori : Do you have a computer?
   Mari : Yes, I have ＿＿＿ .
   ① it　　　② them　　　③ one　　　④ ones

9. Ori : What is that?
   Mari : ＿＿＿ is a rabbit.
   ① It　　　② Itself　　　③ They　　　④ One

10. Ori : I have a car.
    Mari : Can I use ＿＿＿ car?
    ① my　　　② your　　　③ you　　　④ yours

11. Mari : Do you like your cat?

    Ori : Yes, I love _____ .

    ① one   ② ones   ③ it   ④ them

12. Bora : What are _____ ?

    Sora : They are used cars.

    ① this   ② that   ③ it   ④ those

13. _____ watched TV last night.

    ① Ori and me   ② Mari and my

    ③ Sora and myself   ④ Bora and I

14. _____ hot in summer in Korea.

    ① It's   ② Its   ③ They   ④ They is

15. Ori : Do you have the time?

    Mari : _____ ten to ten.

    ① It is   ② This is   ③ I have   ④ I am

[正解]

A 1. ① 2. ② 3. ② 4. ③ 5. ② 6. ① 7. ③ 8. ③ 9. ① 10. ② 11. ③ 12. ④ 13. ④ 14. ① 15. ①

[解説]

A 2. Mari and I 為第一人稱複數，所以使用 we。A 6. 因為是被指定的，所以使用 it。

A 8. 因為不是被指定的電腦，所以使用 one。A 15. Do you have the time? 用來詢問時間，等 於 What time is it ?

今天是「戶外教學」的日子。
我們搭乘的公車，在開滿大波斯菊的路上奔馳著。
我們在公車上吃著海苔飯捲，
喝著飲料，還開心地唱著歌。
下了公車後，我們一路走到了目的地「生態公園」。

吃、喝、唱歌、搭乘、下車、奔馳……等，
這些都是表示我們的動作、行動的單字。
如上面所述，表示「動作」的詞就是「動詞」。
表示動作的動詞，可分為兩大類。

有像「吃」、「喝」、「唱歌」、「走路」等的表示動作的
〈一般動詞〉，
以及「是～」等表示狀態的〈be 動詞〉。

1. be 動詞

She is pretty.
她很漂亮。

那當然～

I am a soccer player.
我是足球員。

應該說非常非常漂亮才對！

如上，**be 動詞**表示某一狀態或性質。

漂亮

足球員

be 動詞會依主詞人稱或單複數的不同，而有 **am, are, is** 等不同型態。來看看下表吧！

要點整理 ●●●●●● be 動詞的各種形態

	單數				複數			
人稱	主詞	現在式	縮寫型	過去式	主詞	現在式	縮寫型	過去式
1	I	am	I'm	was	We	are	We're	were
2	You	are	You're	were	You	are	You're	were
3	He	is	He's	was	They	are	They're	were
	She		She's					
	It		It's					

肯定句。

I **am** a doctor.
我是醫生。

否定句。

主詞 ＋ be 動詞 ＋ not

He **is** not a student.
他不是學生。

老人大學！

我也是學生！

疑問句。

be 動詞 ＋ 主詞 ～

Are you hungry?
你肚子餓嗎？

唉呀，
我餓了…

咕嚕嚕…

There is a book on the desk.
　　　　　有一本書在桌子上。

〈there is ～〉表示「有某物」的意思。

there 雖然是「那地方、那裡」，
但在這裡卻不帶有地方的意涵，
可視為慣用語。

2. 一般動詞

什麼是一般動詞？

be 動詞以外的
其餘動詞，皆
是一般動詞！

are

is　am

一般動詞用來表示主詞
的動作或行動。

sing
唱歌

eat
吃

have
擁有

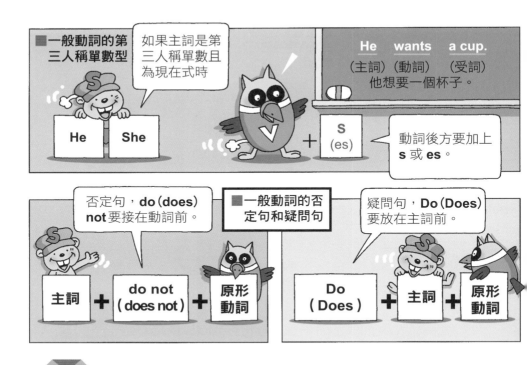

要點整理 ●●●●●● 動詞

1. be 動詞：be 動詞會依據主詞的人稱或單複數的不同，而有 **am, are, is** 等不同的形態。
- **be** 動詞的肯定句
  I am a doctor.（我是醫生。）
- **be** 動詞的否定句（**be** 動詞＋ **not**）**He is not a student.**（他不是學生。）
- **be** 動詞的疑問句（**be** 動詞＋主詞～）**Are you hungry?**（你肚子餓嗎？）
- **There is ～ , There are ～**表示「有某物」的意思。
  There is a book on the desk.（有一本書在桌子上。）

2. 一般動詞：除了 **be** 動詞以外的其餘動詞，皆是一般動詞。
  如 **like**（喜歡）、**have**（有）、**sing**（唱歌）等，表示主詞的動作或行動的動詞。
- 一般動詞的第三人稱單數型：如果主詞是「第三人稱單數且為現在式」時，肯定句
  會在動詞後面加上 **s** 或 **es**。**He wants a cup.**（他想要一個杯子。）
- 一般動詞的否定句和疑問句
  1) 否定句　主詞＋ **do(does) not** ＋原形動詞
  2) 疑問句　**Do(Does)** ＋主詞＋原形動詞

A

請選出符合句意的詞。

1. It _____ very cold today.
   ① am   ② are   ③ is

2. I _____ very tired.
   ① am   ② are   ③ is

3. My mom and I _____ playing computer games.
   ① am   ② are   ③ is

4. The shop _____ closed.
   ① am not   ② are not   ③ is not

5. _____ Ori a cook?
   ① Am   ② Are   ③ Is

6. _____ Ori and Mari friends?
   ① Am   ② Are   ③ Is

7. They _____ at the meeting yesterday.
   ① aren't   ② wasn't   ③ weren't

8. There _____ many balls in the box.
   ① am   ② are   ③ is

9. _____ you have a pen?
   ① Do   ② Does   ③ Are

10. _____ your sister study hard?
    ① Do   ② Does   ③ Are

B

請依照指示改寫下列句子。

1. Your brother has a cellular phone.

疑問句 :_____

否定句 :_____

2. Mari likes comic books.

疑問句 :_____

否定句 :_____

3. They are very boring games.

疑問句 :_____

否定句 :_____

4. Does he go to the movies on Sundays?

敘述句 :_____

否定句 :_____

5. Do your sisters like the puppy?

敘述句 :_____

否定句 :_____

C

請找出錯誤的部分，並改寫成正確的。

1. Does Ori reads books after school?

_____ ➔ _____

2. Mari don't dance very well.

_____ ➔ _____

3. Is you speak Japanese?

_____ ➔ _____

[正解]

A 1. ③ 2. ① 3. ② 4. ③ 5. ③ 6. ② 7. ③ 8. ② 9. ① 10. ②

B 1. Does your brother have a cellular phone? / Your brother doesn't have a cellular phone.

　2. Does Mari like comic books? /Mari doesn't like comic books.

　3. Are they very boring games? / They aren't very boring games.

　4. He goes to the movies on Sundays. /He doesn't go to the movies on Sundays.

　5. Your sisters like the puppy. / Your sisters don't like the puppy.

C 1.reads → read　2.don't → doesn't　3.Is → Do

[解說]

A 3. My Mom and I 是複數，所以 are 正確。

A 8. 在「There + be 動詞」開頭的句子中，be 動詞後面的單字為該句主詞，由它決定單複數。balls 為複數名詞，所以 are 正確。

形容詞
ADJECTIVE

「紅色的花、黃色的花，花園裡開滿了美麗的花，
白色的蝴蝶、花蝴蝶飛過那圍牆，
溫暖的春風一陣陣地吹拂過來，
縫紉機轉動著，轉啊轉……」
從喇叭那傳來了充滿春天氣息的歌曲。

歌詞裡的「紅色的、黃色的、白色的、溫暖的」等詞，
是用來修飾後面的名詞「花、蝴蝶、春風」。

用來表示名詞或代名詞的外型、性質、顏色等的詞，
稱為〈形容詞〉。

1. 形容詞的種類

可以説 window shopping

那我們進去**逛逛**好嗎？

店家好漂亮哦！

媽媽，今天天氣真好！

溫暖的春風徐徐地吹過來呢！

快看看這個！

哇～

吸引我們家瑪麗的東西是什麼呢？

是什麼？

媽媽，你看那個！

媽媽！

哇！是○○娃娃啊！

阿姨，您漏了這個！

唉呀！

漂亮的

這樣啊！真是抱歉！

唉呀！

不過，娃娃竟然會説話！

■表示事物性質或狀態的形容詞

This is a pretty doll.

　　這是一個漂亮的娃娃。

This book is very interesting.

　　這本書非常有趣。

A fox is cunning.

　　狐狸很狡猾。

娃娃

漂亮的 ＋

描述娃娃是漂亮、醜陋、有不有趣等，為表示狀態的形容詞。

書 ＋ 有趣的

狐狸 ＋ 狡猾的

描述狐狸是乖巧的或是狡猾的，為表示性質的形容詞。

■代名詞行使形容詞的功能

那

That girl has a book.

　　那個女孩有一本書。

這

The frost killed these flowers.

　　霜把這些花給凍死了。

◆ **fox** (n) 狐狸 / **cunning** (a) 狡猾的、奸詐的 / **frost** (n) 霜、冰霜

■不定數量形容詞

many 許多的、多的
a few 一些、幾個
few 很少數的、
幾乎沒有的

（數）

There are `many` flowers in the garden.

花園裡有很多花。

I have `a few` pencils. 我有幾支鉛筆。

She has `few` friends. 她幾乎沒有朋友。

※ 用在可數複數名詞前。（數＋形容詞＋複數名詞）

much 許多、大量的
a little 少量
little 少、幾乎沒有的

（量）

There isn't `much` milk in the bottle.

瓶子裡沒有很多牛奶。

I have `a little` money. 我有一點錢。

There is `little` water in the glass.

　　　　　　　杯子裡幾乎沒有水。

※ 用在不可數的單數名詞前。（量＋形容詞＋不可數名詞）

some 一些（肯定句）
any 一些（疑問、
否定句）
a lot of 許多、大量
lots of 許多、很多
no 沒有

（數）
（量）

She has `some` money. 她有一些錢。

Do you have `any` money? 你有錢嗎？

I have `a lot of (=lots of) friends.` 我有很多朋友。

※ 同時可表示數和量的形容詞

■數詞

數詞可分為兩種。

序數詞

基數詞

什麼？怎麼感覺
很複雜啊？那什
麼是基數詞呢？

別害怕，只要弄清
楚數詞後，就不會
覺得困難了。

300　(three hundred)

1,000　(one thousand)

> 數詞沒有複數型。

millions of

> 如果前面沒有數詞或名詞時，**million** 大多會在後面加上 **s**。

基數詞和序數詞	
基數詞	序數詞（＊要注意）
one(1)	first(1st)
two(2)	second(2nd)
three(3)	third(3rd)
four(4)	fourth(4th)
five(5)	fifth(5th) ＊
six(6)	sixth(6th)
seven(7)	seventh(7th)
eight(8)	eighth(8th)
nine(9)	ninth(9th) ＊
ten(10)	tenth(10th)
eleven(11)	eleventh(11th)
twelve(12)	twelfth(12th)
thirteen(13)	thirteenth(13th)
twenty(20)	twentieth(20th)
twenty-one (21)	twenty-first (21st)
thirty(30)	thirtieth(30th)
forty(40) ＊	fortieth(40th)
one hundred (100)	one hundredth (100th)
one thousand (1,000)	one thousandth (1,000th)

瑪麗，妳的電話號碼幾號？

果然！

你不會對我有意思吧？這可不行！

號碼是 **605-5387**，所以 **six hundred five⋯** 這樣說對嗎？

才不是呢！只是要告訴妳該怎麼用英文說號碼而已！

電話號碼

逐字地讀。
0 一般唸作 **[o]**，但也可唸作 **[zero]**。
(605-5387) **six o five, five three eight seven**

一般會以兩個數字一組的方式來唸。
2016： **two thousand and sixteen**

月份後的日期，一般使用序數詞。
（四月五日）**April fifth**

年度

→ **2016**

月份 日期

→ **四月** **5**

時間

一般會以〈時＋分〉的順序，使用基數詞。
（8 點 21 分）**eight twenty-one**

分數

分子用基數詞。
分母用序數詞。
分子若是 2 以上的數字，分母要加上 **s**。
從分子開始唸。

3/6 ← **three sixths**

2 3/4 ←

two and three fourths

數字

從後面開始，每三個數字斷開來唸。

1,000,000,000,000

trillion(兆) **billion**(十億) **million**(百萬) **thousand**(千)

2. 形容詞的用法

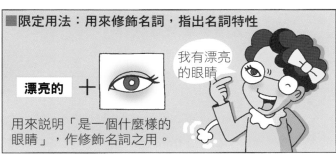

■限定用法：用來修飾名詞，指出名詞特性

漂亮的 ＋ [眼睛]

我有漂亮的眼睛

用來説明「是一個什麼樣的眼睛」，作修飾名詞之用。

〔形容詞＋名詞〕

I have a new car.

我有一台新車。

〔~thing ＋形容詞〕

I saw something strange in the dark.

我在黑暗中看見了奇怪的東西。

■敘述用法：用來説明主詞或受詞是「怎麼樣的」

[眼睛] ＋ **漂亮**

我眼睛也漂亮吧？

用來説明、敘述眼睛是「怎麼樣的」。

孩子，謝謝你簡單易懂的講解。

不客氣！

謝謝！

〔説明主詞〕 **The game is very exciting.**

這個遊戲很好玩。

〔説明受詞〕

The gift made her happy.

這個禮物讓她很開心。

1. 形容詞的種類
■描述事物的性質或狀態
  This is a pretty doll.（這是一個漂亮的娃娃。）
■代名詞行使形容詞的功能
  That girl has a book.（那個女孩有一本書。）
■不定數量形容詞
  ①數＋形容詞＋（複數名詞）
  many（許多）**There are many flowers in the garden.**（花園裡有很多花。）
  a few（幾個）**I have a few pencils.**（我有幾支鉛筆。）
  few（幾乎沒有）**She has few friends.**（她幾乎沒有朋友。）
  ②量＋形容詞＋（不可數名詞）
  much（許多）**There isn't much milk in the bottle.**（瓶子裡沒有很多牛奶。）
  a little（少量）**I have a little money.**（我有一點錢。）
  little（幾乎沒有）**There is little water in the glass.**（杯子裡幾乎沒有水。）
  ③同時可表示數和量的形容詞
  some, any, a lot of (=lots of), no
  She has some money.（她有一些錢。）
  Do you have any money?（你有錢嗎？）
■數詞
  ①**基數詞**：指一、二、三、四……等的基本數詞。
  one, two, three, four, five, six, seven…
  ②**序數詞**：指第一、第二、第三、第四……等，表示順序的數詞。
  first (1st), second(2nd), third(3rd), fourth(4th)…

2. 形容詞的用法
■限定用法：用來修飾名詞，指出名詞特性。
  ①形容詞＋名詞 **She is a pretty girl.**（她是個美麗的女孩。）
  ②~ thing ＋形容詞 **I saw something strange in the dark.**
                  （我在黑暗中看見了奇怪的東西。）
■敘述用法：用來說明主詞或受詞是「怎麼樣的」。
  ①說明主詞 **The game is very exciting.**（這個遊戲很好玩。）
  ②說明受詞 **The gift made her happy.**（這個禮物讓她很開心。）

A

請在句子中選出形容詞。

1. It is hot today.
　 ① ② ③　④

2. This is a pretty doll.
　 ①　②　　③　　④

3. That book is very interesting.
　　　① ② ③　　④

4. These girls have many books.
　　 ①　　②　　③　　　④

5. Ori has few friends.
　 ① ②　③　　④

6. Do you have any money?
　 ①　　　②　③　　④

7. The gift made her happy.
　　 ①　　②　　③　　④

8. Please give me something hot.
　　　①　　　　②　　③　　　④

9. Could you show me something important?
　　　①　　　　　②　　　③　　　　④

10. Look at the pretty girl.
　　 ① ②　　③　④

B

請挑出最符合句意的選項。

1. Mari has _____ .
   ① few friend　　　　　　　　② a few friends
   ③ little friend　　　　　　　　④ a little friends

2. Does Mari have _____ ?
   ① many book　　　　　　　　② many books
   ③ much book　　　　　　　　④ much books

3. There _____ in the parking lot.
   ① was a lot of car　　　　　　② was a lot of cars
   ③ were a lot of car　　　　　　④ were a lot of cars

4. How _____ there in the bottle?
   ① many wine is　　　　　　　② many wines are
   ③ much wine is　　　　　　　④ much wines are

5. There _____ in this lake.
   ① isn't many water　　　　　　② isn't much water
   ③ aren't many waters　　　　　④ aren't much water

6. There _____ rain in Tokyo yesterday.
   ① wasn't much　　　　　　　② wasn't many
   ③ weren't much　　　　　　　④ weren't many

[正解]
A 1. ③ 2. ③ 3. ④ 4. ① 5. ③ 6. ③ 7. ④ 8. ④ 9. ④ 10. ③
B 1. ② 2. ② 3. ④ 4. ③ 5. ② 6. ①
[解説]
A 4. these 在此為指示形容詞。

副詞
ADVERB

明天是長時間住院的同學重新返校的日子。
我們來開班會，全班一起討論應該為那位同學做點什麼事情。
雖然也討論出不少創新的意見，但我們最後結論還是：
偷偷為他準備一個「慶祝派對」。

為了辦一場成功的派對，必須清楚地告知全班同學：
「什麼時候」、「在哪裡」、「如何做」等的訊息。
時間、地方、方法、程度等詞，就是〈副詞〉。
雖然副詞在句子中不算是主角，但就像藥房裡所賣的甘草一般，
可以點綴在句子各處，讓語意更加明確。
因此，〈副詞〉可以理解為「賦予幫助的詞」。

1. 副詞的用法（用途）

秋天……

得收模特兒費才行！

我要把秋天楓紅的美景全部畫出來！

瑪麗畫得好**認真**喔！畫得真好！

說到「認真地」

早起的鳥兒有蟲吃。

孩子們！

你是誰？

是副詞。

我？

哈哈哈哈一

你這傢伙不是鴨子嗎？

才不是咧！我是副詞！你沒看到 015 頁有我出現嗎？

唉呀！

砰！

撲襲下一

■修飾動詞

She works hard to draw pictures. 她認真地畫圖。

■修飾形容詞

A hippo's mouth is very big. 河馬的嘴巴很大。

■修飾其他副詞

He cooks very well. 他很會做菜。

■修飾整個句子

I really want something to drink. 我真的很想喝點東西。

◆ **draw- drew- drawn** (v) 畫 / **hippo** (n) 河馬 / **really** (ad) 真正地、實際上

2. 副詞的位置

我的位置……

搖晃
搖晃

位置？

還用想
嗎？

那個池塘就是你
的位置囉！

哈哈

逃跑……

我不會放過你！

鴨子肉一

救救我！

快來人啊～
救救我！

救命啊一

副詞先生，
你就大人不
計小人過！

好吧！

我來跟你們
說明副詞在
句中的位置
吧！

一般來說，副詞會放在被修飾的
詞的前面或後面，也就是以鄰近
為原則。

前面　　被修飾的詞　　後面

另外，在修飾形容詞或副
詞時，會放在
它們的前面。

前面　形容詞　副詞

〈修飾形容詞〉

The story is very interesting.

這個故事很有趣。

〈修飾副詞〉

That dog swims very well.

那隻狗很會游泳。

■如果是表示頻率或程度的副詞

其他的副詞已經整理在旁邊的表格，來看看吧！

頻率副詞在修飾一般動詞時，放在其前面。

 **+** 一般動詞

She often goes shopping.
　　　　　　她經常去購物。

I often visit my parents.
　　　　　　我經常拜訪父母親。

be 動詞、助動詞 **+**

在修飾 be 動詞、助動詞時，放在其後面。

She is often sick.
　　　　　　她經常生病。

He has always been kind to her.
　　　　　　他一直對她很好。

■表示時間的副詞，通常放在句首或句尾。

Yesterday I played soccer.
I played soccer yesterday.
昨天我踢了足球。

副詞的種類

● 時間
yesterday, today, tomorrow, now, then, before, soon, late, early

● 場所
here, there, in, out, far, near, down, up

● 方法
fast, slowly, quickly, well, hard, carefully

● 頻率
sometimes, usually, often, always, once, again, rarely

● 程度
very, much, enough, almost, little

● 其他
only, even, perhaps, also, too, either, yes, no, not

■在句子中，使用兩個以上的副詞時，要按照「場所＋時間（小單位＋大單位）」的順序。

小單位　　大單位

I am going to go to the movies at ten this Friday.
我星期五十點要去看電影。

I watched TV at home all day long.
我一整天都在家裡看電視。

■修飾整個句子的副詞：會放在句首或動詞前面。

句首
動詞

Fortunately I won the game.
　　　　　　　　　　　幸運地，我贏了比賽。

I really want to see her.
　　　　　　　　　　我真的很想見她。

3. 需要注意的副詞

一起來了
解吧！

■大部分的副詞形態都是〔形容詞＋ ly 〕。

slow-slowly
慢的一慢慢地

quick- 快的一
quickly 快速地

hard

■形容詞和副詞的型態相同。

This is a hard question.
　　　　　　　　　　這是一個困難的問題。

He works very hard.
　　　　　　　　　　他工作非常努力。

◆ **watch** (v) 觀看、注視、觀察 / **fortunately** (ad) 幸運地 / **win- won- won**(v) 獲勝、贏

I had an early breakfast.

我很早就吃了早餐。

Snow fell early this winter.

今年冬天雪下得很早。

This is a long finger. 這個是長長的手指頭。

He lived long. 他活得很久。

◆ **fall- fell- fallen** (v) 落下、下降 / **winter** (n) 冬天 / **finger** (n) 手指

■與形容詞形態相同的〔副詞 **+ ly** 〕➔意思完全不同的副詞

She went to bed late.

她很晚上床睡覺。

I haven't seen him lately.

我最近沒看到他。

He studied very hard.

他很努力念書。

He could hardly speak French.

他幾乎不會講法語。

◆ **speak- spoke- spoken** (v) 說話、發言

1. 副詞的用法（用途）：主要是用來修飾動詞或形容詞，有時也會用來修飾整個句子。
■修飾動詞 **She works hard to draw pictures.**（她認真地畫圖。）
■修飾形容詞 **A hippo's mouth is very big.**（河馬的嘴巴很大。）
■修飾其他副詞 **He cooks very well.**（他很會做菜。）
■修飾整個句子 **I really want something to drink.**（我真的很想喝點東西。）

2. 副詞的位置：副詞會放在被修飾的詞前面或後面，也就是以鄰近為原則。
　　The story is very interesting.（這個故事很有趣。）
■頻率、程度副詞
　　▶放在一般動詞的前方 **She often goes shopping.**（她經常去購物。）
　　▶放 **be** 動詞、助動詞的後方 **She is often sick.**（她經常生病。）
■時間副詞，通常放在句首或句尾。
　　Yesterday I played soccer.（昨天我踢了足球。）
■出現兩個以上的副詞時，要按照「場所＋時間（小單位＋大單位）」的順序。
　　I am going to go to the movies at ten this Friday.
　　（我星期五十點要去看電影。）

3. 需要注意的副詞
■大部分的副詞型態都是〔形容詞＋ **ly**〕。
　　slow-slowly（慢的－慢慢地）**quick-quickly**（快的－快速地）
■形容詞和副詞的型態相同。
　　This is a hard question.（這是一個困難的問題。）
　　He works very hard.（他工作非常努力。）
　　I had an early breakfast.（我很早就吃了早餐。）
　　Snow fell early this winter.（今年冬天雪下得很早。）
　　This is a long finger.（這個是長長的手指頭。）
　　He lived long.（他活得很久。）
■與形容詞型態相同的〔副詞＋ **ly**〕➡意思完全不同的副詞
　　She went to bed late.（她很晚上床睡覺。）
　　I haven't seen him lately.（我最近沒看到他。）
　　He studied very hard.（他很努力念書。）
　　He could hardly speak French.（他幾乎不會講法語。）

A

請在下列句子中挑出副詞。

1. She draws pictures hard.
   　① 　② 　③ 　④

2. He makes cookies very well.
   　① 　② 　③ 　　④

3. I really want something to drink.
   　① 　② 　③ 　　④

4. Mari's mouth is very big.
   　① 　② 　③ ④

5. She often goes shopping.
   　① 　② 　③ 　④

B

請寫出正確的句子。

1. This book is boring very.
   _____

2. My aunt plays the piano well very.
   _____

3. He plays sometimes tennis.
   _____

4. She always is late for school.
   _____

5. I could understand hardly the question.
   _____

C

請將下列句子翻成中文。

1. This is a hard question.

   _____

2. He works very hard.

   _____

3. I had an early breakfast.

   _____

4. Snow fell early this winter.

   _____

5. She went to bed late.

   _____

6. I haven't seen him lately.

   _____

7. He studied very hard.

   _____

8. He could hardly speak French.

   _____

[正解]
A 1. ④ 2. ④ 3. ① 4. ③ 5. ②
B 1.This book is very boring. 2.My aunt plays the piano very well. 3.He sometimes plays
   tennis. 4.She is always late for school. 5.I could hardly understand the question.
C 1. 這是一個困難的問題。2. 他非常努力工作。3. 我很早就吃了早餐。4. 今年冬天雪下得很
   早。5. 她很晚上床睡覺。 6. 我最近沒看到他。7. 他很認真念書。8. 他幾乎不會講法語。

[解説]
A 5. often 是頻率副詞。C 1. hard 可以用作形容詞。C 2. hard 也可當作副詞使用。
C 6. lately 的意思是「近來、最近」。C 8. hardly 是「幾乎不」的意思。

介系詞
PREPOSITION

「媽媽，妳有看到我的手機嗎？」
「有啊，在桌子（　）。」

依據填入（　）內的單字的不同，表示各種不同的位置。
如果放入「上」，表示手機在桌子上面，
如果放入「下」，表示手機在桌子底下，
如果放入「旁邊」，就會在桌子旁邊看到手機。

「在……上面」、「在……下面」、「在……旁邊」等
這些表達位置的詞彙，
在英文中，會放置於名詞或代名詞的前方。
因此，我們將這些詞，稱為〈介系詞〉。

to you
（給你）
for you
（為你）
with you
（與你一起）

1. 介系詞的作用

〔片語〕是指由兩個以上的單字，結合為一個詞性，且不含有「主詞＋動詞」。

英文中共有八種詞性：
名詞、代名詞、動詞、形容詞、副詞、介系詞、連接詞、感嘆詞等。因此，也會有八個種類的片語囉！

The house on the hill **is mine.**

小山坡上的那間房子是我的。

〔子句〕是指由兩個以上的單字，構成句子的一部分，且含有「主詞＋動詞」。

It is certain that he is honest.

確實，他是誠實的。

He told me about what he had done.

他將他所做的事告訴我了。

介系詞通常會與名詞或代名詞結合，來構成一個片語。
※ 代名詞必須使用受格。

介系詞　＋　名詞 / 代名詞

介系詞構成片語後，可以行使形容詞片語或副詞片語的作用！

形容詞片語　副詞片語

形容詞片語：跟形容詞一樣，用來修飾名詞，一般放在被修飾詞的後方。

The ball in the box **is mine.** 箱子裡的球是我的。

副詞片語：跟副詞一樣，用來修飾動詞、形容詞、副詞。

He sits on the chair. 他坐在椅子上。

◆ **certain** (a) 確定的 / **honest** (a) 誠實的 / **hill** (n) 丘陵 / **tell- told- told** (v) 告訴

up 向……上、往……上

The tortoise went up the mountain.
烏龜往山上爬上去。

down 往……下方、在……下方

The rabbit went down the mountain.
兔子往山下跑去。

at 在……地點→
（相比下，較小的場所）
He waited at the station.
他在火車站裡等。

in 在……裡→
（相比下，較大的場所）
We live in the country.
我們住在鄉下。

2. 介系詞的種類

■表示場所、位置、
方向的介系詞

from 從……起、始於
（出發點）
The train started from Jungdongjin.
火車從正東津出發了。

for 朝……方向去、往、向
（目的地）
The train left for Seoul.
火車朝首爾出發了。

to 向、往、到（抵達點）

She went to Seoul yesterday.
她昨天去了首爾。

up

down

in

at

from

beneath

to

for

across 橫越、穿過

The crab went across the street.
這螃蟹橫越街道。

在……上面 **above**

The moon rose above the hill.
月亮升到了山坡上。

在……下面、到……下面 **below**

We saw the beach below us.
我們看到了位於我們下方的海灘。

在……上 **on**

There is a boat on the sea.
海上有一艘船。

在……之下、向……下面 **beneath**

**She enjoyed feeling the warm
sand beneath her feet.**
她很享受腳底下那溫暖沙子。

到……裡 **into**

He jumped into the water.
他跳進了水裡。

在……外、在……範圍之外 **out of**

She came out of the water.
她從水裡出來了。

在……之上、在正上方 **over**

A bird is flying over the tree.
鳥兒在樹木上方飛翔。

在……下面、在……下方 **under**

A man is lying under the tree.
樹下躺著一個人。

above

below

on

out of

over

under

along 沿著、順著

She walked along the street.
她沿著街道走了下去。

■表示時間的介系詞

在

at （表示較短的時間點，小時、分鐘、中午）**I get up at 7.** 我七點起床。

in （表示較長的時間點，月、季節、年、早上、晚上）

I walk my dog in the morning. 我早上會去溜狗。

on （表示特定的日子）

She was born on May 5th. 她是五月五日出生的。

前·後

before 在……之前 **He came home before six.** 他六點以前就到家了。

after 在……之後

She went to the concert after school. 她放學後去了音樂會。

～期間

for （某一段時間）

I stayed here for three days. 我在這裡停留了三天。

during （在……的整個期間）

We had a good time during the vacation. 我們放假期間過得很愉快。

到…為止

until （一直持續到……為止）

You must stay home until seven. 你七點以前必須待在家裡。

by （最晚在……之前）

I will go there by six. 我六點以前要去那裡。

■其他的介系詞

of 用……做成的、由……製成（只有外觀改變的物理性變化）

Pinocchio was made of wood. 皮諾丘是由木頭製成的。

from 由……製成（完全改變外形與成分，屬於化學性變化）

Cheese is made from milk.
乳酪是由牛奶製成的。

◆ **walk** (v) 走路、散步 / **bear- bore- born** (v) 生（小孩）、生產 / **concert** (n) 音樂會、演奏會 / **vacation** (n) 休假、假期 / **stay** (v) 停留、暫住 / **wood** (n) 木頭、木材 / **make- made- made** (v) 製造、建造

with　與……一起

She went shopping **with** her friend. 她和她朋友一起去購物了。

without　無、沒有～

She took a walk **without** her raincoat. 她沒穿雨衣散步。

between　在……之間（兩者之間）

I sat between Mari and Ori.

我坐在瑪麗和奧利的中間。

among　在……之中、在……中間（三者以上時）

The rock band is very popular **among** the students.

這個搖滾樂團在學生們之中很受歡迎。

◆ **go- went- gone** (v) 去、走 / **take- took- taken** (v) 抓、執行、做 / **popular** (a) 受歡迎的

　介系詞

要點整理

1. 表示時間的介系詞
- **at** 較短的時間點　**in** 較長的時間點　**on** 特定的日子
  I get up at 7.（我七點起床。）
  I walk my dog in the morning.（我早上會去遛狗。）
  She was born on May 5th.（她是五月五日出生的。）
- **before** 在……之前　**after** 在……之後
  He came home before six.（他六點以前就到家了。）
  She went to the concert after school.（她放學後去了音樂會。）
- **for** 某一段時間　**during** 在……的整個期間
  I stayed here for three days.（我在這裡停留了三天。）
  We had a good time during the vacation.（我們放假期間過得很愉快。）
- **until** 一直持續到……為止　**by** 最晚在……之前
  You must stay home until seven.（你七點以前必須待在家裡。）
  I will go there by six.（我六點以前要去那裡。）

2. 表示場所、位置、方向的介系詞

- **up** 向上 **down** 向下

  The tortoise went up the mountain.（烏龜往山上爬上去。）

  The rabbit went down the mountain.（兔子往山下跑去。）

- **at** 在……（小場所） **He waited at the station.**（他在火車站裡等。）

  in 在……（大場所） **We live in the country.**（我們住在鄉下。）

- **from** 從……起（出發點） **for** 朝……方向（目的地） **to** 往、到（抵達點）

  The train started from Jungdongjin.（火車從正東津出發了。）

  The train left for Seoul.（火車朝首爾出發了。）

  She went to Seoul yesterday.（她昨天去了首爾。）

- **across** 橫越、穿過 **along** 沿著、順著

  She walked along the street.（她沿著街道走下去。）

  The crab went across the street.（這螃蟹橫越街道。）

- **above** 在……上面 **below** 在……下面、到……下面

  The moon rose above the hill.（月亮升到了山坡上。）

  We saw the beach below us.（我們看到了位於我們下方的海灘。）

- **on** 在……上（在表面上） **beneath** 在……之下（在表面下）

  There is a boat on the sea.（海上有一艘船。）

  She enjoyed feeling the warm sand beneath her feet.

  （她很享受腳底下那溫暖沙子。）

- **into** 到……裡 **out of** 在……外

  He jumped into the water.（他跳進了水裡。）

  She came out of the water.（她從水裡出來。）

- **over** 在……之上 **under** 在……下面

  A bird is flying over the tree.（鳥兒在樹木上方飛翔。）

  A man is lying under the tree.（樹下躺著一個人。）

3. 其他介系詞

- **of** 用……製成（材質） **from** 由……製成（原料、成份）

  Pinocchio was made of wood.（皮諾丘是由木頭製成的。）

  Cheese is made from milk.（乳酪是由牛奶製成的。）

- **with** 與……一起 **without** 無、沒有～

  She went shopping with her friend.（她和她朋友一起去購物了。）

  She took a walk without her raincoat.（她沒穿雨衣散步。）

- **between** 在……之間（兩者之間） **among** 在……之中（三者以上時）

  I sat between Mari and Ori.（我坐在瑪麗和奧利的中間。）

  The rock band is very popular among the students.

  （這個搖滾樂團在學生們之中很受歡迎。）

A 請判斷下列劃線部分為〔片語〕或是〔子句〕。

1. He told me about <u>what he had done</u>. (   )
2. The ball <u>in the box</u> is hers. (   )
3. There is a picture <u>over the computer</u>. (   )
4. You must go home <u>before it gets dark</u>. (   )
5. Come <u>if you like</u>. (   )

B 請依文意寫出正確的介系詞。

1. 他六點以前就到家了。
   He came home_____six.

2. 她是五月五日出生的。
   She was born_____ May 5th.

3. 我在這裡停留了三天。
   I stayed here_____ three days.

4. 我們放假期間過得很愉快。
   We had a good time_____ the vacation.

5. 瑪麗和她朋友一起去購物了。
   Mari went shopping_____ her friend.

6. 奧利沒穿雨衣散步。
   Ori took a walk_____ his raincoat.

7. 皮諾丘是由木頭製成的。
   Pinocchio was made_____ wood.

8. 乳酪是由牛奶製成的。
   Cheese is made_____ milk.

C

請參考下圖填入適當的介系詞。

1. The moon rose_____the hill.
2. There is a boat_____ the sea.
3. The rabbit went_____ the mountain.
4. He waited_____ the station.
5. He jumped_____ the water.
6. The train left_____ Seoul.
7. A bird is flying_____ the tree.
8. The crab went_____ the street.

[正解]
A 1. 子句 2. 片語 3. 片語 4. 子句 5. 子句
B 1.before 2.on 3.for 4.during 5.with 6.without 7.of 8.from
C 1.above 2.on 3.up 4.at 5.into 6.for 7.over 8.across

連接詞
CONJUNCTION

有一部韓國電影叫《The Contact》。
這部電影的男女主角相遇的媒介，正是虛擬空間—「網路」。
大家都知道牛郎織女的故事吧？
他們即使分隔兩地，仍無時無刻思念對方。
他們堅貞不渝的愛情故事感動了天神，
在每年七夕（農曆七月七日）那天，為他們二人搭上鵲橋。
讓相愛的兩人能夠相見，真是一段美麗的故事啊！

能夠連接兩端的東西很多。
像是網路、電話、橋梁等等，
這些東西雖然外觀與形態各不相同，但作用是差不多的，
皆是把兩個以上的人、地、事物等連接起來。
在英文中，也有用來連接字、詞、子句的詞彙，
一般我們將這種詞彙稱之為〈連接詞〉。

1. 連接詞的種類

連接詞的作用是把字、詞、子句連接起來。

連接〔單字和單字〕

Ori and **Mari** are good friends. 奧利和瑪麗是好朋友。

連接〔片語和片語〕

Will you go **on foot** or **by bus?** 你要走路去，還是搭公車去？

連接〔子句和子句〕

She is old, but **she looks very beautiful.**

她雖然上了年紀，但看起來仍然很美。

原來有那麼多
種連接詞啊！

車長叔叔，這個是
用在什麼地方呢？

as if

待會我會仔細說明。

〔**對等連接詞**〕只有一個單字的連接詞。
　　　　　　　　and, but, or 等

The puppy is smart and cute.

那隻小狗聰明又可愛。

◆ **puppy** (n) 小狗 / **smart** (a) 聰明的 / **cute** (a) 可愛的

〔**相關連接詞**〕由兩個或兩個以上的字組成，需成
　　　　　　　　對使用 as well as, as if, both ~
　　　　　　　　and, either ~ or 等

**I gave the puppy some water as well as
some food.**

我給了那隻小狗一些水和食物。

◆ **give- gave- given** (v) 給 / **as well as** (ph) 以及、和

〔**從屬連接詞**〕將從屬子句與主要子句做結合。
　　　　　　　　that, if, whether 等

The fact is that she said so.

事實上，她的確是這樣說的。

◆ **hungry** (a) 飢餓的 / **thirsty** (a) 口渴的

2. 連接詞的用法

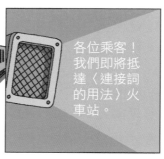

and 和〜、與〜 連接「字、詞、子句」

She and I go to school. 她和我一起上學。

She played soccer, and I played baseball. 她踢足球，我打棒球。

Hurry up, and you will catch the bus. 快一點！這樣你才能搭上公車。

but 但是〜 連接前後相反的語義

My dog can swim, but I can't swim. 我的狗會游泳，但我不會。

That is not a dog but a cat. 那不是狗，而是貓。

or 或者、要不然、也就是說 表示在兩者之間選擇

Hurry up, or you will miss the bus. 快一點，不然你會搭不到公車。

This is the end or last part. 這個是結尾，也就是最後的部分。

for 因為 前面一定會有逗號

It must be morning, for the birds are chirping.

一定是早上了，因為小鳥們都在嘰嘰喳喳地叫了。

so 所以 前面通常有逗號

I was sick, so I went to bed early. 我生病了，所以很早睡。

◆ **hurry up** (ph) 動作快 / **catch** (v) 趕上 / **part** (n) 一部分、部分 /
early (ad) 早地、提早地

both **A** and **B** A和B兩者都～

It is both good and inexpensive. 它又好又便宜。

not only **A** but (also) **B** 不僅A，而且B也～

Not only you but also she is tall. 不僅是你，她也很高呢！

B **as well as** A 不只是A，連B也～

I as well as my puppy am sick. 不只是我的小狗，連我也生病了。

either **A** or **B** 不是A就是B～（A或B其中一個）

Either you or he has to go there. 不是你就是他必須去那裡。

neither **A** nor **B** 既不是A，也不是B～

Neither you nor he knows it. 你和他都不知道那件事。

◆ **inexpensive** (a) 便宜的 / **tall** (a) 個子高的

你這小子還真會裝模作樣。

揍！

就是說啊！
妳真會看人呢！

真的！

從屬連接詞是將
從屬子句

從屬
子句

與主要子句
作結合。

主要
子句

從屬
連接詞

從屬
子句

另外，從屬子句也能當作名詞（名詞子句）或副詞（副詞子句）來使用。

主要
子句

從屬
子句

名詞
副詞
形容詞

引導名詞子句 的從屬連接詞

that　將引導的句子變成「名詞」性質

That the earth is round is true. 地球是圓的，這是事實。

The fact is **that** she said so. 事實上，她的確是這樣說的。

I know **that** the puppy is very clever. 我知道那隻狗很聰明。

if, whether　是否～

She didn't know **if** it was false (or not). 她不知道那是真是假。

I don't know **if / whether** it is true (or not). 我不知道那個是不是真的。

◆ **fact** (n) 事實 / **clever** (a) 聰明的 / **false** (a) 不正確的 / **true** (a) 真實的

時間

when 當～的時候

The dog jumped up when he whistled. 他吹口哨時，那隻狗跳了起來。

as 當～的時候

I saw her as I was getting off the bus. 我下公車時，看見了她。

while 在～的期間

Don't read books while you are eating. 吃飯的時候不要看書。

before 做～之前、在～之前

I must go home before it gets dark. 在天黑以前，我必須回家。

after 做～之後、在～之後

I'll go after I finish my homework. 我寫完作業就要走了。

till (until) 直到～、自～以來

I'll wait here till (until) she comes. 我要在這裡等到她來為止。

since 自從～

She has been unhappy since she left home. 自從她離開家以後，就一直不開心。

地點

where ～的地方

Where there is a will, there is a way. 有志者，事竟成。

wherever 無論哪裡

Go wherever you like. 去任何你想去的地方。

◆ **jump** (v) 跳躍、躍起 / **whistle** (v) 吹口哨、鳴笛 / **see- saw- seen** (v) 看見、看到 / **finish** (v) 結束、完成

because / since / as 因為～、由於～

Because she was sick, she was absent.

因為她生病了，所以缺席。

Since I feel sick, I can't go there.

因為我身體不舒服，所以不能去那裡。

We didn't go, **as** it rained hard. 因為下大雨，所以我們沒有去。

if 如果～、要是～

Come **if** you want to. 你想來就來吧。

though / although 雖然～、儘管～

Though (it is) cold, it is a fine day for soccer.

雖然天氣冷，但卻是個踢足球的好天氣。

even if / even though 即使～、縱然～

Even if you don't like her, you have to help her.

縱然你不喜歡她，也必須幫助她。

so that ~ may (can)…
in order that ~ may (can)… 為了～

Talk louder **so that** I **may** hear you.

說大聲一點，讓我能聽得見。

so + 形容詞或副詞 + that…
such + 形容詞 + 名詞 + that… 如此～以致於～

I was **so** hungry **that** I could not walk.

我肚子餓到走不動了。

◆ **absent** (a) 缺席的 / **fine** (a) 美好的 / **loud** (a) 大聲的、響亮的 / **hear- heard- heard** (v) 聽見、聽到

1. 對等連接詞

■ **and** 和～、與～

She played soccer, and I played baseball.（她踢足球，我打棒球。）

■ **but** 但是～

My dog can swim, but I can't swim.（我的狗會游泳，但我不會。）

■ **or** 或者、要不然、也就是説

This is the end or last part.（這個是結尾，也就是最後的部分。）

■ **for** 因為

It must be morning, for the birds are chirping.（一定是早上了，因為小鳥們都在嘰嘰喳喳地叫了。）

■ **so** 所以

I was sick, so I went to bed early.（我生病了，所以很早睡。）

2. 相關連接詞

■ **both A and B** A和B兩者都～

It is both good and inexpensive.（它又好又便宜。）

■ **not only A but (also) B** ➡ 不僅A，而且B也～

B as well as A ➡ 不只是A，連B也～

Not only you but also she is tall.（不僅是你，她也很高呢！）

I as well as my puppy am sick.（不只是我的小狗，連我也生病了。）

■ **either A or B** ➡ 不是A就是B～ A或B其中一個

neither A nor B ➡ 既不是A，也不是B～

Either you or he has to go there.（不是你就是他必須去那裡。）

Neither you nor he knows it.（你和他都不知道那件事。）

3. 從屬連接詞

〔引導名詞子句的從屬連接詞〕

■ **that** ～將引導的句子變成「名詞」性質

I know that the puppy is very clever.（我知道那隻狗很聰明。）

■ **if, whether** 是否～

I don't know if / whether it is true (or not).（我不知道那個是不是真的。）

〔引導副詞子句的從屬連接詞〕

時間

■ **when** 當～的時候

The dog jumped up when he whistled.
（當他吹口哨時，那隻狗跳了起來。）

■ **as** 當～的時候

I saw her as I was getting off the bus.（我下公車時，看見了她。）

■ **while** 做～的期間

Don't read books while you are eating.（吃飯的時候，不要看書。）

■ **before** 做～之前、在～之前

I must go home before it gets dark.（在天黑以前，我必須回家。）

■ **after** 做～之後、在～之後

I'll go after I finish my homework.（我寫完作業就要走了。）

■ **till (until)** 直到～

I'll wait here till (until) she comes.（我要在這裡等到她來為止。）

■ **since** 自從～、自～以來

She has been unhappy since she left home.
（自從她離開家以後，就一直不開心。）

地點

■ **where** ～的地方

Where there is a will, there is a way.（有志者，事竟成。）

■ **wherever** 無論哪裡

Go wherever you like.（去任何你想去的地方。）

**原因
理由**

■ **because / since / as** 因為～、由於～

Because she was sick, she was absent.（因為她生病了，所以缺席。）
Since I feel sick, I can't go there.（因為我身體不舒服，所以不能去那裡。）
We didn't go, as it rained hard.（因為下大雨，所以我們沒有去。）

**條件
讓步**

■ **if** 如果～、要是～ **Come if you want to.**（你想來就來吧。）

■ **though / although** 雖然～、儘管～

Though (it is) cold, it is a fine day for soccer.
（雖然天氣冷，但卻是個踢足球的好天氣。）

■ **even if / even though** 即使～、縱然～

Even if you don't like her, you have to help her.
（縱然你不喜歡她，也必須幫助她。）

目的

■ **so that ~ may (can)…　in order that ~ may (can)…** 為了～
Talk louder so that I may hear you.（說大聲一點，讓我能聽得見。）

結果

■ **so ＋形容詞或副詞＋ that…　such ＋形容詞＋名詞＋ that…**
如此～以致於～
I was so hungry that I could not walk.（我肚子餓到走不動了。）

A

請選出符合句意的連接詞。

1. Ori_____Mari have been good friends.
   ① or   ② and   ③ but   ④ so

2. Will you go on foot_____by bus?
   ① or   ② and   ③ but   ④ so

3. Bora is old,_____she looks very beautiful.
   ① and   ② but   ③ or   ④ when

4. Hurry up,_____you will miss the bus.
   ① or   ② and   ③ but   ④ so

5. Mari was sick,_____she went to bed early.
   ① and   ② so   ③ for   ④ or

6. _____you but also she is tall.
   ① Either   ② Neither   ③ As well as   ④ Not only

7. I know_____the puppy is very clever.
   ① and   ② but   ③ that   ④ which

8. She didn't know_____it was false or not.
   ① and   ② but   ③ so   ④ whether

B

請依文意寫出正確的字。

1. 吃飯的時候不要看書。
   Don't read books_____you are eating.

2. 自從努里離開家以後，就一直不開心。
   Nuri has been unhappy_____she left home.

3. 我要在這裡等到她來為止。
   I'll wait here_____she comes.

4. 我肚子餓到走不動了。
   I was_____hungry_____I couldn't walk.

5. 有志者，事竟成。

_____there is a will, there is a way.

C

請選出語法錯誤的句子。

1. ① Because she was sick, she was absent.
   ② Come if you want to.
   ③ We didn't go, and it rained hard.
   ④ Though cold, it is a fine day for soccer.

2. ① The dog jumped up when he whistled.
   ② I saw her as I was getting off the bus.
   ③ Because you don't like her, you have to help her.
   ④ The fact is that she said so.

3. ① Neither you nor he knows it.
   ② You as well as your sister is pretty.
   ③ Not only my brother but also I am to go abroad in May.
   ④ Either you or he has to go there.

[正解]

A 1. ② 2. ① 3. ② 4. ① 5. ② 6. ④ 7. ③ 8. ④

B 1.while 2.since 3.until (till) 4.so, that 5.Where

C 1. ③ 2. ③ 3. ②

[解說]

C 2. 文意需要表示讓步的連接詞「Though 雖然」而非「Because 因為」。

C 3. 在 B as well as A 的句子中，動詞的單複數需與 B 一致，因此，is 要改成 are 才正確。

句子結構
SENTENCE STRUCTURE

五大
基本句型

目前地球上居住著超過七十五億的人口，
我們將地球上這麼多的人，以種族、習慣、地區、國家
等方式來做區分。
就像亞洲人、非洲人、美洲人一樣，
人種被分為黃種人、黑人、白人。
英文也有多到數不清的句子，但大致可分為五種型態。

如果區分人類的基準為「種族」，
那麼，區分「英文句子」的基準就是〈動詞〉。
差別只在種族的不同而已，人類還是人類。
〈動詞〉也只是型態不同而已，本質上還是〈動詞〉。
簡單來說，英文的句型，大致可分成五種。

哇～很會特技表演耶！

我把我平常在玩的球拿給你們瞧瞧吧！

這些就是我平常在玩的球－動詞的種類

好複雜哦！

不完全及物　授與　完全不及物　不完全不及物　完全及物

完全弄懂了，就不會覺得很複雜啦！

嘿嘿～

不過，得先弄清楚下面的動詞種類，才能夠輕鬆理解五大句型。

1. 動詞的種類

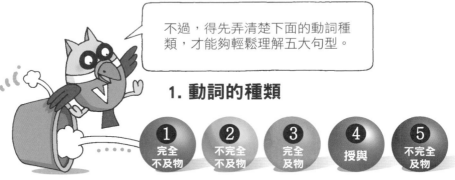

❶ 完全不及物　❷ 不完全不及物　❸ 完全及物　❹ 授與　❺ 不完全及物

我整理在黑板上給你們看。

句型 1　**S+V**
（完全不及物）
句型 2　**S+V+C**
（不完全不及物）
句型 3　**S+V+O**
（完全及物）
句型 4　**S+V+IO+DO**
（授與）
句型 5　**S+V+O+OC**
（不完全及物）

總共五種動詞。

及物動詞和不及物動詞有什麼不同？

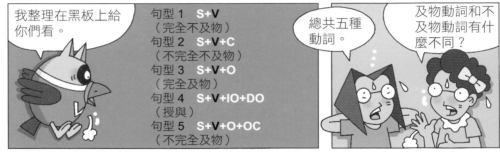

仔細聽好了！

不完全不及物　完全不及物　完全及物　不完全及物

不及物動詞就是不需要受詞的動詞。

不需要你！

及物動詞就是需要受詞的動詞。

你跟著我吧！

那麼，完全和不完全又有什麼不同？

兩者的差異在於需不需要補語。

這樣整理就差不多了！

不及物動詞 { 完全不及物
（受詞✕）{ 不完全不及物

及物動詞 { 完全及物
（受詞○）{ 不完全及物

2. 五大句型

再整理一遍給大家看吧！

■句型1　**S+V**
（完全不及物動詞）

不需要受詞或補語的動詞

■句型2　**S+V+C**
（不完全不及物動詞）

需要補語的動詞

■句型3　**S+V+O**
（完全及物動詞）

不需要補語但需要受詞的動詞

■句型4　**S+V+IO+DO**
（授與動詞）

需要兩個受詞（間接、直接）的動詞

■句型5　**S+V+O+OC**
（不完全及物動詞）

需要受詞和受詞補語的動詞

我是不需要受詞或補語的**完全不及物動詞**。

噒噒喳喳

Birds sing.
Ⓢ ＋ Ⓥ
小鳥唱歌。

She laughed.
Ⓢ ＋ Ⓥ
她笑了。

噠！句型 1 是

由句子的基本要素－「主詞和動詞」即可構成一個完整的句子。

主詞

動詞

The wind blows.
風吹。

Mari works.
瑪麗工作。

The sun shines.
太陽綻放光芒。

可是，這是什麼啊？

怎麼了？

事實上，只有使用主詞＋動詞的句子很少。

轟隆轟隆

S ＋ V ＋ 修飾詞

後面會跟著修飾詞。

咚咚！

誰啊？人家睡得正香說！

哦？原來是副詞啊！

沒錯！奧利！修飾詞大多使用副詞或副詞片語。

好舒服啊！

嚇！

嘆嘆～

太好笑了！

哈哈哈

修飾詞只是讓句子的意思更完整，並非必備要素。

我知道了！

Mari laughed loudly.

Ⓢ + Ⓥ ↑ └─── 修飾詞

瑪麗大笑。
loudly 是修飾 **laughed** 的副詞

Ori lives in an apartment.

Ⓢ + Ⓥ ↑ └─── 修飾詞

奧利住在公寓裡。
in an apartment 是修飾 **lives** 的副詞片語

We stayed at home all day.

Ⓢ + Ⓥ ↑ └──────── 修飾詞

我們一整天待在家裡。
at home 是表示場所的副詞片語/
all day 是表示時間的副詞片語

需要注意的第一種句型

在 **There is/are** 的句型中，
be 動詞後面的詞才是真正的主詞，所以，這種「**主詞＋動詞**」的句型屬於
「**第一種句型**」。

There is   a book on the desk.（書桌上有一本書。）
（be動詞）（主詞） （修飾詞）

There are many flowers in the vase.（花瓶裡有很多花。）
（be動詞） （主詞） （修飾詞）

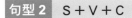 **句型 2** S＋V＋C

需要補語的不完全不及物動詞

補語？
好像在哪
看過？

在說我嗎？

補語的作用就是補充
說明**主詞**。

啊！所以才會跟主
詞長得那麼像啊！

沒錯！

可以當作補語
的是名詞和形
容詞！

名詞

形容詞

原來補語就是
名詞和**形容詞**！

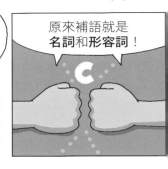

■**主詞＋動詞＋名詞補語**

I am a painter. 我是畫家。（我＝畫家）
Ⓢ＋Ⓥ＋　Ⓒ

He is a doctor. 他是醫生。（他＝醫生）
Ⓢ＋Ⓥ＋　Ⓒ

Ori became a teacher. 奧利當上了老師。（奧利＝老師）
Ⓢ＋　Ⓥ　＋　Ⓒ

---

be 動詞

如果解釋成「（某
處）有～」，便屬
於**第一種句型**。

如果解釋成
「是～」，則屬於
第二種句型。

106

■主詞＋動詞＋形容詞補語

She is beautiful. 她很美麗。
Ⓢ ＋Ⓥ＋　Ⓒ

The leaves turned red. 樹葉變紅了。
Ⓢ　　＋　Ⓥ　＋Ⓒ

■連綴動詞有味覺、嗅覺、視覺、觸覺、聽覺等五種。

味覺	taste	（嚐起來～） **This ice cream tastes sweet.** 這個冰淇淋嚐起來很甜。
嗅覺	smell	（聞起來～） **That pizza smells delicious.** 那個披薩聞起來很香。
視覺	look	（看起來～） **Mari looks happy.** 瑪麗看起來很開心。
觸覺	feel	（感覺～） **The cushion feels soft.** 墊子摸起來很柔軟。
聽覺	sound	（聽起來～） **The music sounds exciting.** 這音樂聽起來令人興奮。

◆ **leaf** (n) 樹葉 (複數 **leaves**) / **delicious** (a) 美味的 / **exciting** (a) 令人興奮的

需要受詞的**完全及物動詞**

你是說第三種句型需要加受詞嗎？

沒錯！

那要怎麼區分受詞和補語呢？

別擔心！

主詞補語會跟主詞一致，用來說明主詞的性質。

主詞　　　補語

但受詞跟主詞卻沒有這種關係。

主詞　　受詞

醜八怪！　你才是！

受詞就是平常「把～、將～」等動詞後方的名詞。

受詞可以是名詞、代名詞或名詞子句。

代名詞

名詞　　名詞子句

I have a car. 我有汽車。

S＋V＋O（名詞）

My father loves me very much. 爸爸很愛我。

S＋V＋O（代名詞）

I want to drink some coffee. 我想喝咖啡。

S＋V＋O（名詞子句）

108

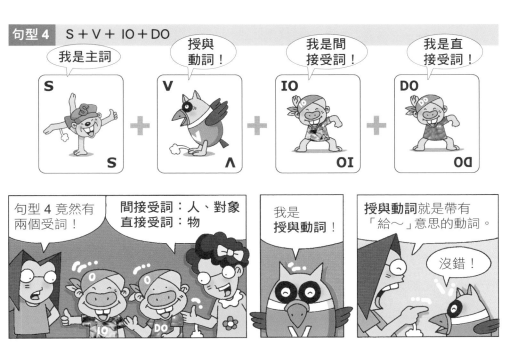

He gave me a present. 他給了我禮物。
Ⓢ + Ⓥ + ⓘⓞ + ⓓⓞ

He passed me the salt. 他把鹽遞給我。
Ⓢ + Ⓥ + ⓘⓞ + ⓓⓞ

Mari told Ori the news. 瑪麗告訴奧利這個消息。
Ⓢ + Ⓥ + ⓘⓞ + ⓓⓞ

She sent me a card. 她寄了卡片給我。
Ⓢ + Ⓥ + ⓘⓞ + ⓓⓞ

The students asked me some questions. 學生們向我問了幾個問題。
Ⓢ + Ⓥ + ⓘⓞ + ⓓⓞ

Mother made her a new dress. 媽媽為她做了新洋裝。
Ⓢ + Ⓥ + ⓘⓞ + ⓓⓞ

He gave me some water. 他給我一點水。
Ⓢ + Ⓥ + ⓘⓞ + ⓓⓞ

◆ **present** (n) 禮物 / **salt** (n) 鹽 / **send- sent- sent** (v) 寄送 / **question** (n) 問題

I gave him a book.

S + V + IO + DO

him 間接受詞／ a book 直接受詞

I gave a book to him. 我給了他一本書。

S + V + O

a book 受詞／ to him 修飾詞

停一會！ 句型 4 中間接受詞和直接受詞的位置也可以交換。
這時，「**to** ＋間接受詞」表示 gave 的對象。
但是，即便句子形式改變了，其意義不變。

句型 5　S＋V＋O＋OC

「主詞＋動詞＋受詞＋受詞補語」的句子，我們稱為第 5 種句型。不同句型 2 中的主詞補語，「受格補語」位於受詞的後方，用來補充說明受詞。

We call him Ori. 我們叫他奧利。
S + V + O + OC

I think him a great musician. 我認為他是一位優秀的音樂家。
S + V + O + OC

The news made Mari happy. 這個消息讓瑪麗很高興。
S + V + O + OC

I want you to do the work. 我要你去做那件事。
S + V + O + OC

區別的方法 區別「間接受詞＋直接受詞」和「受詞＋受詞補語」。如果兩個詞之間，有對等或補充說明的關係，那就是「受詞＋受詞補語」。如果不是，就是「間接受詞＋直接受詞」。

She made me a dress. 她為我做了一套洋裝。
S + V + IO + DO　　　間接受詞 me ≠ 直接受詞 a dress

She made me a doctor. 她讓我成為了一名醫生。
S + V + IO + OC　　　受詞 me ＝受詞補語 a doctor

別誤會哦！ 主要是依據句子中動詞的使用方式來分類句型的，而不是動詞本身就被分成五大類哦！

He asked my name. 他問了我的名字。
S + V + O　　　（句型 3）

I asked him a question. 我問了他一個問題。
S + V + IO + DO　　　（句型 4）

1. 動詞的種類

■ 不及物動詞：不需要受詞的動詞。

完全不及物動詞：不需要受詞或補語的動詞，可以構成**句型 1**。

不完全不及物動詞：需要補語的動詞，可以構成**句型 2**。

■ 及物動詞：需要受詞的動詞。

完全及物動詞：不需要補語但需要受詞的動詞，可以構成**句型 3**。

不完全及物動詞：需要受詞和受詞補語的動詞，可以構成**句型 5**。

■ 授與動詞：上面的及物動詞需要一個受詞，而授與動詞需要兩個受詞。

即需要間接受詞（IO）和直接受詞（DO）的動詞，可以構成**句型 4**。

2. 五大句型

■**句型 1：主詞（S）＋動詞（V）**

完全不及物動詞不需受詞或補語。

由句子的基本要素——「主詞和動詞」即可構成一個完整的句子。

The sun(S)+shines.(C) 太陽綻放光芒。

■**句型 2：主詞（S）＋動詞（V）＋補語（C）**

光是由句子的基本要素——「主詞和動詞」不夠表達句意，需要補語。

Ori(S)+became(V)+a teacher.(C) 奧利當上了老師。（奧利＝老師）

■**句型 3：主詞（S）＋動詞（V）＋受詞（O）**

雖然不需要補語，但需要受詞。

「把～、將～」等字後方的名詞就是受詞。

受詞可以是名詞、代名詞或名詞子句。

My father(S)+loves(V)+me(O)very much. 爸爸很愛我。

■**句型 4：主詞（S）＋動詞（V）＋間接受詞（IO）＋直接受詞（DO）**

不需要補語，但需要兩個受詞。

人、對象等字，就是間接受詞。物，就是直接受詞。

She(S)+sent(V)+me(IO)a card.(DO) 她寄了卡片給我。

■**句型 5：主詞（S）＋動詞（V）＋受詞（O）＋受詞補語（OC）**

「受格補語」就如同句型 2 的補語一樣，在受詞後方，用來補充說明受詞。

受格補語可以是名詞、形容詞。

The news(S) + made(V) + Mari(O) happy.(OC) 這個消息讓瑪麗很高興。

A

請選出句型與其他三者不同的句子。

1. ① Mari laughed loudly.
   ② We stayed at home all day.
   ③ There is a book on the desk.
   ④ Ori is a cook.

2. ① My brother has a car.
   ② I want to drink some coffee.
   ③ Ori loves me.
   ④ She sent me a card.

3. ① We call him Ori.
   ② I want you to do the work.
   ③ The news made Mari happy.
   ④ She made me a dress.

4. ① Mari became a doctor.
   ② The sun shines brightly.
   ③ The leaves turned red.
   ④ The cushion feels soft.

5. ① Bora gave me a present.
   ② She made me a doctor.
   ③ I asked him a question.
   ④ Mari told Ori the news.

B

將下列句子翻譯成中文。

1. Ori made me a box.

   _____

2. He found the book interesting.

   _____

3. Bora asked me a question.

   _____

4. Ori laughed at my picture.

_____

5. She will take care of the baby.

_____

C 請選出不符合句意的字。

1. Ori looks_____.

① angry ② thirsty ③ sadly ④ thin

2. Mari_____Ori wash the car.

① had ② made ③ let ④ got

3. Sora told_____funny stories.

① he ② him ③ me ④ them

D 請在括弧中選出適當的單字。

1. They lived (happy / happily).

2. The sun shines (bright / brightly).

3. She works very (hard / hardly).

4. Her story sounded (strange / strangely) to me.

5. She gave (me / I / my) a card.

6. Ori made a pizza (to / for / of) me.

7. My mother made me (clean / to clean) my room.

8. She let me (go / to go) home.

[正解]
A 1. ④ 2. ④ 3. ④ 4. ② 5. ②
B 1. 奧利為我做了箱子。2. 他發覺那本書很有趣。3. 寶拉問了我一個問題。4. 奧利嘲笑我的圖畫。5. 她將照顧那個寶寶。
C 1. ③ 2. ④ 3. ①
D 1.happily 2.brightly 3.hard 4.strange 5.me 6.for 7.clean 8.go
[解說]
C 1. look 在此為連綴動詞，後方要有形容詞當主詞補語。
D 1. live 在這裡為不及物動詞，後方出現修飾詞「副詞」才正確，用形容詞不正確。
D 6. make 被使用在句型 3 時，要使用介系詞 for。

「我曾經很愛你，
但是現在我不愛你了，
以後也不會再愛你了！」

仔細看上面的句子可以知道
「過去」我雖然很愛你，
但「現在」已經不愛了，
「未來」也不會再愛你了！

如此可知，表示動作或行為的時間點，我們稱之為「時態」。
時間則是有「現在」、「過去」、「未來」三大類。

那麼，英文句子裡的「現在」、
「過去」、「未來」，
如何表示呢？
那就要用到「動詞」囉！
使用動詞時，
需依照〈時態〉來做變化。

1. 動詞的活用

你前世是公主！

那你是王子！

我沒有亂說！是真的啦！

你是不是腦子有問題？

不相信吧？看到一定會嚇一大跳！

看～

這是真的時光機嗎？真不敢相信！

哇～

奧利，真的可以回到過去看看嗎？

幹嘛不相信我！

我們先回到過去吧！

出發！

嗡嗡嗡嗡

啊～頭好暈啊！

砰～

原來是夢啊！真可惜！正要回到過去說。

你夢到什麼啊？

我夢到我搭上時光機準備回到過去。

可惜！你可以看到我的過去形態說！

過去形態？你也有不同的模樣啊？

當然！我不只有原形，還有現在式、現在分詞式、過去式、過去分詞。

經常可以聽到〈動詞的活用〉，就是在講動詞原形、過去式、過去分詞這三種變化。

描述過去的事情時，我們使用過去式。

過去式

指動詞原本的形態，可以使用在祈使句、前面出現助動詞、不定詞等。

原形

可以使用在被動語態或現在完成式等。

過去分詞

那麼，動詞的活用就是以原形－過去式－過去分詞來變化嗎？

有些動詞是規則變化，

規 則 性

但也有很多動詞是不規則變化！

不 規 則

按照規則變化的動詞，稱之為規則動詞。
規則動詞就是在動詞原形後方加上
-(e)d，即構成過去式、過去分詞。

原則：在大部分的一般動詞後面，加上 -ed

open（打開）	**opened**	**opened**
want（想要）	**wanted**	**wanted**
play（玩）	**played**	**played**

動詞最後一個字母為 -e，只需加上 -d

love（愛）	**loved**	**loved**
like（喜歡）	**liked**	**liked**
close（關、蓋上）	**closed**	**closed**

若是以「子音＋y」結束的動詞，則先將 y 改成 i 後，再加上 -ed

study（學習、研究）	**studied**	**studied**
marry（嫁、娶）	**married**	**married**
cry（哭）	**cried**	**cried**

若是以「短母音」結束的動詞，則重複字尾的子音字母，再加上 -ed。

stop（停止、中止）	**stopped**	**stopped**
drop（滴下、落下）	**dropped**	**dropped**
plan（計畫、打算）	**planned**	**planned**

以「短母音」結束且為多音節單字，重音不在末音節時，直接加上 -ed 即可。

visit（參觀、拜訪）	**visited**	**visited**
offer（給予、提供）	**offered**	**offered**
limit（限制、限定）	**limited**	**limited**

動詞若沒有一定規則的變化，
我們稱之為不規則動詞。
不規則動詞可分為四種形態。

 不 規 則 動 詞

A-A-A 形（原形－過去式－過去分詞皆相同）

put（放、擺）	put	put
hit（打）	hit	hit
cut（切）	cut	cut
read（閱讀、朗讀）[rid]	read [rɛd]	read [rɛd]

＊形態上雖是 **A-A-A 形**，但發音不同，要特別注意！

A-B-A 形（原形－過去分詞相同）

come（來、到）	came	come
run（跑）	ran	run
become（變成）	became	become

A-B-B 形（過去式－過去分詞相同）

say（說）	said	said
meet（遇見、碰上）	met	met
win（贏得）	won	won
buy（買）	bought	bought

容易混淆的單字

▶ lie（撒謊）
lie- lied- lied

▶ lie（躺、位於）
lie- lay- lain

▶ lay（放置）
lay- laid- laid

A-B-C 形（原形－過去式－過去分詞皆不同）

swim（游泳）	swam	swum
begin（開始）	began	begun
eat（吃）	ate	eaten
go（去）	went	gone
ring（按鈴）	rang	rung

2. 動詞的時態

現在式

新的學期開始了，要更認真念書了！

我每次要念書的時候，那傢伙就會出現！

瑪麗在嗎？

幹嘛啦？

我有兩張舞台劇的票，一起去吧！

我正在學習現在式耶！

現在式？要不要我教妳？

你？

什麼？

Mari studies English very hard.
瑪麗很認真學習英文。

哇～～

可別小看我！

妳以為我平常都在玩嗎？

I am sorry.
抱歉。

那我們先學習，然後再去看舞台劇吧！

Good idea!
好主意！

啪！

120

先來看現在式的動詞形態吧！

現在式

大部分的動詞原形就是現在式！

want look sing eat

---

be 動詞的現在式為

am, are, is

be 動詞的現在式為 **am, are, is**。
需依據主詞的不同，來選擇適合的 **be** 動詞。

I am Ori. 我是奧利。

You are a painter. 你是畫家。

Mari is sick. 瑪麗生病了。

動詞後方要加上 **s, es, ies** 的情況：

一般動詞的現在式，主詞如果是第三人稱單數，要在動詞後方加上 **s, es, ies**。但是，動詞 **have** 要改成 **has**。

Ori likes cake. 奧利喜歡吃蛋糕。

Ori has a cellular phone. 奧利有手機。
(=a mobile phone)

那麼，什麼時候會使用到現在式呢？妳說説看吧！

現在式表示現在發生的動作或狀態。
（這傢伙自以為很厲害。）

那是當然的，不過也有例外的情況。妳在咕噥什麼？

你很厲害啦！

表示現在的動作或狀態

I live in Seoul.
我住在首爾。
Mari looks sad now.
瑪麗看起來很悲傷。
Mari studies English very hard.
瑪麗很認真學習英文。

◆ sad (a) 悲傷的 (相反詞 glad)

表示習慣性反覆發生的事情

I go to church every Sunday.
我每週日去教堂做禮拜。
Mari takes a shower every morning.
瑪麗每天早上都洗澡。
Mari keeps a diary every day.
瑪麗每天寫日記。

◆ diary (n) 日記 / keep a diary 寫日記

表示不變的真理或一般性的事實

Three and two are five.
3 加 2 等於 5。
The sun rises in the east.
太陽從東邊升起。
The moon moves around the earth.
月亮繞行地球。

◆ rise- rose- risen (v) 上升 / move (v) 移動

引用諺語等

The Bible says, "Seek and you shall find."
聖經裡有這麼一句話：「尋找吧，那麼你將會發現。」
Necessity is the mother of invention.
需要為發明之母。

◆ seek- sought- sought (v) 尋找 / necessity (n) 必要性、需要 / invention (n) 發明、創造

想清楚且具體地描述過去的事實時

Caesar crosses the Rubicon.
凱撒跨越盧比孔河。
Napoleon now leads his army across the Alps.
拿破崙帶領著他的軍隊，越過阿爾卑斯山。

◆ **cross** (v) 越過、渡過 / **lead** (v) 引導 / **army** (n) 軍隊

雖是未來的事，但以現在進行式表示

如果明天天氣好

來去動詞	表示未來的單字
go（去）	**tomorrow**（明天）
come（來）	**next week**（下星期）
leave（離開）	**next month**（下個月）
arrive（到達）	
start（開始）	

兩者一起使用表示未來的意思，但以現在進行式來表現。

Ori is going to start tomorrow. 奧利明天出發。

Mari is going to leave here tonight. 瑪麗今天晚上將離開這裡。

★在表示時間、條件的副詞子句中，未來的事情也使用現在式。

Let's go home before it rains. 我們在下雨前回家吧。

I will go on a picnic if it is fine tomorrow.
如果明天是好天氣，我要去郊遊。

> **在名詞子句和形容詞子句中，使用未來式。**
>
> **I don't know if Ori will come here.** → 名詞子句
> 我不知道是否奧利將會來此。
> **Tell me the time when Ori will come here.** → 形容詞子句
> 請告訴我奧利將會來這裡的時間。

妳好！瑪麗！

妳好！素拉！

妳昨天去了哪裡啊？我去找妳，妳不在家。

嗯～我昨天跟奧利去看了舞台劇。

嗯…

妳上週不是跟哲秀一起去看電影嗎？

哎呦！

那…那是…

已經是過去的事情了，所以是「過去式」對吧？

那麼，我們來看看過去式有哪些形態吧！

be 動詞的過去式有 **was** 和 **were** 兩種。

was 是 **am** 和 **is** 的過去式。
were 是 **are** 的過去式。

It was Friday yesterday.
昨天是星期五。

We were at home.
我們在家。

一般動詞的過去式分成兩種，一種是在尾端接上 **d** 或 **ed** 的規則變化動詞，另一種是不規則變化動詞。

I played computer games yesterday. → 規則變化 (**play- played- played**)
我昨天玩了電腦遊戲。

I lived in Seoul for ten years. → 規則變化 (**live- lived- lived**)
我住在首爾有十年了。

I met her last night. → 不規則變化 (**meet- met- met**)
我昨晚遇到她。

那麼，什麼時候該使用過去式呢？

那當然是在表示過去的動作或狀態囉！對吧？瑪麗！

你從哪裡出現的啊？跟瑪麗説一模一樣的答案呢！

看下面的説明就知道了。

表示過去的動作或狀態

唉呀！

Mari wrote many letters.
瑪麗寫了很多信。
Ori was very sick yesterday.
奧利昨天病得很嚴重。
He opened the window.
他打開了窗戶。

◆ **write- wrote- written** (v) 寫 / **letter** (n) 信

表示過去的習慣或行為

Ori usually got up at seven in those days.
奧利那陣子通常早上七點起床。
Ori always played soccer every morning.
奧利過去總是每天早上踢足球。

◆ **usually** (ad) 通常 / **always** (ad) 總是

表示歷史性的事實

He said that the French Revolution broke out in 1789.
他説法國大革命發生在一七八九年。
Columbus discovered America in 1492.
哥倫布在一四九二年發現了美洲。

◆ **revolution** (n) 革命 / **discover** (v) 發現

嗚嗚嗚⋯

奧利你怎麼了？發生了什麼事嗎？

瑪麗說她不再見我了

為什麼？

其實我昨天偷偷跟素拉約會了。

也許瑪麗知道了這件事

嗚⋯

為什麼我連一個女朋友都沒有？

Will Mari come back?
瑪麗會回來嗎？

是未來式！

在傷心的我面前講什麼文法啊？

揍！

還是要念點英文文法啊！一起來看看未來式的形態吧！

不需要變化動詞原形，而是與 **will** 或 **be going to** 等詞一同使用。

Will Mari come back?
瑪麗會回來嗎？

Is Ori going to play soccer?
奧利要踢足球嗎？

單純未來式　與說話者（主詞）的主觀意志無關，經時間流逝自然而然就會發生的事情或狀態。

I will be ten years old on my next birthday. 過下個生日時，我就十歲了。
Mari will be a singer some day. 瑪麗總有一天會成為歌手。
It will rain next Sunday. 下個星期天會下雨。

那接下來這個是表示內心的意志時使用的囉？

當然囉！

依據說話者的意志與聽者的意志，來使用 **will** 或 **shall**。

意志
未來式

意志未來式	使用在表示內心的意志時，依據說話者的意志與聽者的意志，來使用 **will** 或 **shall**。

敘述句

〔主詞的意志〕
I will fight. 我會戰鬥的。
If you will do so, do it by yourself.
如果你一定要那麼做，就靠自己的力量去做吧！
Ori won't(=will not) fight.
奧利不想打架。

〔說話者的意志〕
I will go. 我要走了。
You shall go. 我想你該走了。
Mari shall go. 我想瑪麗該走了。

疑問句

〔對方的意志〕
Shall I go home? 我可以回家嗎？
Will you have some pizza?
您要吃點披薩嗎？
Shall he go? 他可以走了嗎？

1. 動詞的活用

■ 規則變化的動詞（**動詞原形＋ -(e)d**）

A) 在大部分的一般動詞後面，加上 **ed   open- opened- opened**（打開）

B) 最後一個字母為 **-e**，只需加上 **d   love- loved- loved**（愛）

C) 以「子音＋ **y**」結束的動詞，則先將 **y** 改成 **i** 後，再加上 **ed**
   marry- married- married（嫁、娶）

D) 若是以「短母音」結束的動詞，則重複字尾的子音字母，再加上 **ed**。
   stop- stopped- stopped（停止、中止）

E) 以「短母音」結束且為多音節單字，重音不在末音節時，直接加上 **ed** 即可。
   visit- visited- visited（參觀、拜訪）

■ 不規則動詞

A) **A-A-A** 形（原形－過去式－過去分詞皆相同）**put- put- put**（放、擺）

B) **A-B-A** 形（原形－過去分詞相同）**come- came- come**（來、來到）

C) **A-B-B** 形（過去式－過去分詞相同）**meet- met- met**（遇見、碰上）

D) **A-B-C** 形（原形－過去式－過去分詞皆不同）**swim- swam- swum**（游泳）

2. 動詞的時態

■ 現在式

A) 表示現在的動作或狀態
   Mari looks sad now.（瑪麗看起來很悲傷。）

B) 表示習慣性反覆發生的事情
   Mari takes a shower every morning.（瑪麗每天早上都洗澡。）

C) 表示不變的真理或一般性的事實
   The sun rises in the east.（太陽從東邊升起。）

D) 引用諺語等
   A rolling stone gathers no moss.（滾石不生苔。）

E) 想清楚且具體地描述過去的事實時
   Caesar crosses the Rubicon.（凱撒跨越盧比孔河。）

F) 雖然是未來的事，但以現在進行式表示
   當 **go**（去）、**come**（來）、**leave**（離開）、**arrive**（到達）、**start**（開始）等
   單字和 **tomorrow**（明天）、**next week**（下星期）、**next month**（下個月）等單
   字一起使用時，表示未來的意思。
   Ori is going to start tomorrow.（奧利明天出發。）

〔注意〕表示時間、條件的副詞子句中，未來的事情也使用現在式。
   Let's go home before it rains.（我們在下雨前回家吧。）

Ori is playing computer games.
奧利在玩電腦遊戲。

Ori was playing computer games.
奧利那時在玩電腦遊戲。

Ori will be studying English this evening.
奧利今晚將學習英文。

Why?

教孩子好累啊！

對了！

既然進行式的句型都出現了，那麼…

就準備一點資料，幫助奧利學習吧！

呀！

唰—

現在進行式

be + ~ing　　動詞的作用

be動詞→助動詞的作用（要配合主詞的人稱來使用）

疑問句　**Am/Are/Is+ 主詞 +~ing?**

否定句　**主詞 +am/are/is+not+~ing**

表示動作正在進行中

Mari is singing merrily.
瑪麗正在愉快地唱歌。
Ori is not watching TV.
奧利現在沒有在看電視。
We are eating pizza.
我們正在吃披薩。

表示現在的反覆性、習慣性的動作

你真吵！

Ori is always losing his bag.
奧利總是把他的包包弄丟。
I am always forgetting her name.
我總是忘記她的名字。

Ori is leaving Seoul next week.
奧利下週要離開首爾。
Are you playing soccer next Sunday?
你下週日要踢足球嗎？

與未來的副詞（子句）一起使用，表示不遠的將來。

不遠的將來

~ing 形的變化方法

▶通常在動詞原形後面加上 **ing**
 sing → singing
▶ **-e** 結尾的動詞先去掉 **e** 再加上 **ing**
 come → coming, write → writing
▶以〔單音節母音＋單音節子音〕結尾的動詞，重複字尾子音後，再加上 **ing**
 run → running, swim → swimming

用來表達過去正在進行的事情。

過去進行式

was, were+~ing

否定句　主詞 + was/were not +~ing
疑問句　**Was/Were+ 主詞 +~ing?**

表示在過去的某個時間點，動作正在進行中。

Ori was writing a letter at that time.
奧利那時正在寫信。
Father was reading the newspaper.
爸爸那時正在看報紙。
We were singing at that moment.
我們那時正在唱歌。

◆ **lose- lost- lost** (v) 遺失 / **forget** (v) 忘記

表示過去習慣性、反覆性的動作。

The baby was always crying in the morning.
那嬰兒（過去）總是在早上哭泣。
Mari was always smiling.
（過去）瑪麗總是微笑。

用來表示未來的某個瞬間將會進行的事。

未來進行式

will/shall be+~ing

否定句　**主詞 + will (shall) be not + ~ing**
疑問句　**Will (Shall)+ 主詞 + be + ~ing?**

表示未來某一時間正在進行中的動作或狀態。

下次去旅行吧

I'll be seeing you.
下次再見吧。
Ori will be studying at 7 this evening.
奧利今天晚上七點會正在念書。
Mari will be traveling at this time on Monday.
瑪麗星期一的這個時候正在旅行。
I will be helping Mari at 3 p.m. tomorrow.
我明天下午三點將正在幫助瑪麗。

不能用於進行式的動詞

I am loving her.　我正愛著她。（**X**）
I am having a computer.　我正擁有電腦。（**X**）
很奇怪對吧？上面的句子更改如下。
→ **I love her.**　我愛她。（**O**）
→ **I have a computer.**　我有電腦。（**O**）
表示持續性狀態的動詞（**know, like** 等）和表示知覺的動詞（**feel, see, hear, notice** 等），都不能用於進行式。

完成式

奧利，你是首爾人對吧？

怎麼了？

你一直吵著要吃辣炒年糕，結果又說你沒錢，欠揍嗎？

對不起啦！

真的對不起啦！我不小心把錢包忘在家裡了。

藉口！我就知道你會這樣說！

哼！

對！我是首爾人！不過首爾人跟吝嗇鬼有什麼關係？

抱歉…

I have lived in Seoul for ten years. 我住在首爾十年了。

十年期間！

十年前

是我小時候！

Seoul
從出生到現在一直都住在首爾。

哇～同時含有過去式和現在式呢！

原來如此！那這種時態是什麼呢？

拍！

這就是「**現在完成式**」！

嗯？

134

從過去的某一時間點開始一直持續到現在的動作或表示「經驗」

現在完成

| 過去之前 | 過去 | 現在 | 未來 |

過去完成

從比過去再早的時間點開始的事或狀態，一直持續到過去某時間點

未來完成

比未來某時間早，但仍在未來時間的動作或狀態

表示經驗或持續到現在的動作或狀態。

現在完成式

have(has)+ 過去分詞

否定句　**have (has) + not + 過去分詞**

疑問句　**Have (Has) + 主詞 + 過去分詞**

現在完成

過去　　　現在

完成　剛剛～

I have just finished the book.　我剛讀完那本書。
It has stopped raining.　雨剛剛停。
Has school begun yet?　已經開學了嗎？

經驗　曾經～

Have you seen the movie?　你有看過那部電影嗎？
I have once eaten that fruit.　我曾經吃過那個水果。
I have been to Japan.　我曾經去過日本。

持續　一直以來～

Mari has been ill since last Sunday. 瑪麗從上週日開始就一直生病。

How long have you stayed in Seoul? 你在首爾待多久了？

Ori has lived in Seoul for ten years. 奧利住在首爾已經有十年了。

結果　表示該結果一直影響到現在

Ori has come back home. 奧利回家了。➡ 他現在在家裡。
Ori has lost his watch. 奧利弄丟了手錶。➡ 他現在沒有手錶。
Mari has gone to Japan. 瑪麗去了日本。➡ 她現在不在這裡。

◆ **yet** (ad) 已經（用於否定或疑問句）/ **fruit** (n) 水果 / **watch** (n) 手錶

從比過去再早的時間點開始的事或狀態，一直持續到過去某時間點

had+ 過去分詞

否定句　**had + not + 過去分詞**
疑問句　**Had + 主詞 + 過去分詞**

完成　I had finished the book before Ori came.

奧利來之前，我已經讀完那本書。

The train had already started by the time I reached the station.

我到火車站時，那班火車已經發動了。

經驗　I knew her at once, for I had seen her before.

因為我以前見過她，所以我一眼就認出了她。

Ori had read the book twice before he was ten.

奧利在十歲以前，那本書就已經讀了兩遍。

持續　When I visited her, she had been ill for a month.

我去探望她的時候，她已經病了一個月。

結果　I found that I had lost my pencil.

我發現我弄丟了鉛筆。

■連貫的過去式動作，全部使用過去式。
I bought a watch and sold it the next day.

我買了一支手錶，然後第二天就把它賣掉了。

■描述歷史性事實時，也使用過去式。
We learned that Korean War happened in 1950.

我們得知韓戰發生在一九五〇年。

◆ **reach** (v) 抵達、達到 / **visit** (v) 拜訪、探望 / **buy- bought- bought** (v) 購買 / **learn** (v) 學習、得知 / **happen** (v) 發生

比未來某時間早，但仍在未來時間的動作或狀態

will(shall) have + 過去分詞

否定句 **will(shall) have + not + 過去分詞**

疑問句 **Will(Shall) + 主詞 + have + 過去分詞**

未來完成

現在 ⋯⋯ 未來

經驗	I will have read this novel twice if I read it again.
	如果我再讀一遍這本小說，我就已經讀第二遍了。

完成	I will have finished this book by next week.
	下週以前，我會讀完這本書。

◆ **read- read- read** (v) 閱讀 / **novel** (n) 小說 / **again** (ad) 再一次 / **twice** (ad) 兩次

你們以為我是想多賣一些辣炒年糕嗎？

好痛！

敲！

嗚…

不是啦，我們還想再吃啦！

這是看你們這麼認真學英文，免費請你們吃！

哇～阿姨人真好！

不知道是不是免費的關係，特別美味！

多吃一點！

呵呵呵—

首先，「進行」的概念就是不停止「持續～」的意思！

因此，完成進行式就是在我們剛剛所學的完成式中，多增加一個進行時態而已！

完成式	進行式

完成進行式

完成進行式表示過去某一時刻開始的動作一直持續，而無間斷。

原來如此！

就是這種概念！

馬上就懂了！

從某一時刻開始　　　　　持續且不間斷

（一直到現在為止）持續做～
表示過去某一時刻開始而一直持續到現在的動作或狀態。

have (has) + been + ~ing
（be 動詞的過去分詞形）

Ori has been playing computer games.
奧利一直在玩電腦遊戲。
I have been writing a letter.
我一直在寫信。

過去完成進行式

（在～以前）持續在做～
表示到過去的某一個時間點為止，不間斷的動作或狀態。

had + been + ~ing
（be 動詞的過去分詞形）

Ori had been playing computer games before Mari came.
在瑪麗來之前，奧利一直在玩電腦遊戲。
I had been reading the novel before I went to bed.
我睡覺之前，一直在看小說。

未來完成進行式

持續到未來某時間且沒有間斷的動作或狀態。

will + have + been + ~ing
（be 動詞的過去分詞形）

It will have been raining for five days tomorrow.
到明天就連續五天下雨了。
You will have been running for 10 kilometers by 200 meters.
如果你再跑二百公尺，就已經跑了十公里了。

■ 過去式〔be 動詞：am, is → was 和 are → were ／一般動詞：規則變化或不規則變化〕
A) 表示過去的動作或狀態。
Mari wrote many letters.（瑪麗寫了很多信。）
B) 表示過去的習慣或行為。
Ori always played soccer every morning.（奧利過去總是每天早上踢足球。）
C) 表示歷史性的事實。
He said that the French Revolution broke out in 1789.
（他説法國大革命發生在一七八九年。）

■ 未來式〔will 或是 be going to〕
A) 單純未來式：描述經時間流逝自然會發生的事情或狀態。
I will be ten years old on my next birthday.（過下個生日時，我就十歲了。）
B) 意志未來式：依據説話者的意志與聽者的意志，來使用 will 或 shall。
敍述句：説話者的意志 **I will go.**（我要走了。）
疑問句：對方的意志 **Will you have some pizza?**（您要吃點披薩嗎？）

■ 現在進行式〔be + ~ing〕表示現在正在發生的動作或狀態。
A) 表示現在某一動作正進行中
Mari is singing merrily.（瑪麗正在愉快地唱歌。）
B) 表示現在的反覆性、習慣性的動作
Ori is always losing his bag.（奧利總是把他的包包弄丟。）
C) 與未來的副詞（子句）一起使用，表示不遠的將來。
Ori is leaving Seoul next week.（奧利下週要離開首爾。）

■ 過去進行式〔was, were + ~ing〕
A) 表示在過去的某個時間點，動作正在進行中。
Ori was writing a letter at that time.（奧利那時正在寫信。）
B) 表示過去習慣性、反覆性的動作。
Mari was always smiling.（過去瑪麗總是微笑。）

■ 未來進行式〔will / shall be + ~ing〕表示未來的某個瞬間將會進行的事。
A) 表示未來某一時間正在進行中的動作或狀態。
Ori will be studying at 7 this evening.
（奧利今天晚上七點會正在念書。）
Mari will be traveling at this time on Monday.
（瑪麗星期一的這個時候正在旅行。）

■ 現在完成式〔have (has)+ 過去分詞〕表示經驗、或持續到現在的動作或狀態。
　　A) 完成：剛剛～ **I have just finished the book.**（我剛讀完那本書。）
　　B) 經驗：曾經～ **Have you seen the movie?**（你有看過那部電影嗎？）
　　C) 持續：一直以來～
　　　　Mari has been ill since last Sunday.（瑪麗從上週日開始就一直生病。）
　　D) 結果　表示該結果一直影響到現在
　　　　Ori has lost his watch.（奧利弄丟了手錶。→他現在沒有手錶。）

■ 過去完成式〔had+ 過去分詞〕從比過去再早的時間點開始的事或狀態，一直持續到過去某時間點。
　　A) 完成　**I had finished the book before Ori came.**
　　　　（奧利來之前，我已經讀完那本書。）
　　B) 經驗　**Ori had read the book twice before he was ten.**
　　　　（奧利在十歲以前，那本書就已經讀了兩遍。）
　　C) 持續　**When I visited her, she had been ill for a month.**
　　　　（我去探望她的時候，她已經病了一個月。）
　　D) 結果　**I found that I had lost my pencil.**
　　　　（我發現我弄丟了鉛筆。）

■ 未來完成式〔will (shall) have + 過去分詞〕比未來某時間早，但仍在未來時間的動作或狀態。
　　A) 完成　**I will have finished this book by next week.**
　　　　（下週以前，我會讀完這本書。）
　　B) 經驗　**I will have read this novel twice if I read it again.**
　　　　（如果我再讀一遍這本小說，我就已經讀第二遍了。）

■ 現在完成進行式〔have (has) + been（be 動詞的過去分詞形）+ ~ing〕
　表示到過去的某一時間點為止，不間斷的動作或狀態。
　Ori has been playing computer games.
　（奧利一直在玩電腦遊戲。）

■ 過去完成進行式〔had + been（be 動詞的過去分詞形）+ ~ing〕
　表示到過去的某一個時間點為止，某動作正持續進行中。
　Ori had been playing computer games before Mari came.
　（在瑪麗來之前，奧利一直在玩電腦遊戲。）

■ 未來完成進行式〔will + have + been（be 動詞的過去分詞形）+ ~ing〕
　持續到未來某時間且沒有間斷的動作或狀態。
　It will have been raining for five days tomorrow.
　（到明天就連續五天下雨了。）

A 請寫出下列動詞正確的形態（原形－過去形－過去分詞形）。

1. limit   -   -
2. plan   -   -
3. cry   -   -
4. like   -   -
5. put   -   -
6. run   -   -
7. meet   -   -
8. marry   -   -
9. close   -   -
10. go   -   -
11. study   -   -
12. visit   -   -
13. begin   -   -
14. drop   -   -
15. read   -   -

B 請填入適當的詞，讓上下兩句的句意相同。

1. Mari lost her watch and she doesn't have it now.

  = Mari _____ her watch.

2. Ori went to Tokyo and he isn't here now.

  = Ori _____ to Tokyo.

3. I have lost my pencil.

  = I lost my pencil and I don't _____ it now.

4. It was hot yesterday, and it is still hot now.

  = It _____ hot since yesterday.

5. Ori came to Busan five years ago, and he still lives in Busan.

  = Ori _____ in Busan for five years.

C

將下列英文句子翻譯成中文。

1. I will be thirteen years old on my next birthday.

_____

2. Ori will be studying English at 7 this evening.

_____

3. I have once eaten that fruit.

_____

4. Mari has gone to Japan.

_____

5. Ori is always losing his bag.

_____

D

請從括弧中選出適當的詞。

1. The earth (moves, moved, has moved) round the sun.

2. Mari (feel, feels, felt) happy yesterday.

3. (Does, Did, Do) she play the piano last night?

4. They (is, are, be) waiting for the bus now.

5. Sora is now (have, has, having) dinner.

6. Have you (did, do, done) your homework?

7. Have you (see, saw, seen) the movie?

8. Have you ever (are, be, been) to Europe?

9. I (haven't done, haven't do, didn't have done) my work yet.

10. Mari (was, have been, had been) ill for a week when I saw her.

[正解]

A 1.limited- limited 2.planned- planned 3.cried- cried 4.liked- liked 5.put- put 6.ran- run
　7.met- met 8.married- married 9.closed- closed 10.went- gone 11.studied- studied
　12.visited- visited 13.began- begun 14.dropped- dropped 15.read- read

B 1.has lost 2.has gone 3.have 4.has been 5.has lived / has been living

C 1. 我下個生日就十三歲了。2. 奧利今天晚上七點會學習英文。3. 我曾經吃過那個水果。
　4. 瑪麗去日本了。5. 奧利總是把包包弄丟。

D 1.moves 2.felt 3.Did 4.are 5.having 6.done 7.seen 8.been 9.haven't done
　10.had been

助動詞
AUXILIARY VERB

平時完全不理我的瑪麗，突然傳了一封簡訊過來。
這是怎麼回事呢？
原來她邀請我今天晚上去她家，問我能不能過去。
哇～真是太開心了！
可是，我該怎麼回覆她呢？
「去」的英文是「go」，那我回「I go」就可以了嗎？
但是，「I go」直翻是「我去」，而不是「我可以去」的意思啊！

如上文的情況，
動詞很多時候無法單獨表達完整的意思。
如果我們想表達「可以～（能力）、將會～
（未來）、無法～（否定）」
等時，該怎麼辦呢？
〈助動詞〉就是用來
幫助動詞表達完整意思
的角色啊！

1. 助動詞的特徵

哇～蘋果都熟了耶！

流口水

如果為了摘蘋果翻過籬笆，老爺爺會生氣的。

你們真的想吃蘋果嗎？

那我幫你們實現願望吧！

連我都爬不上這棵蘋果樹，你要怎麼幫我們摘？

我自然有方法。

快出來吧！

兄弟們！

你叫我嗎？

竊竊私語

我知道了！

咻一

咚咚咚咚

Mari can swim well.
　　　　　　　　瑪麗很會游泳。

第三人稱單數　現在式

Ori must do his homework.
　　　　　　　　奧利必須寫作業。

第三人稱單數　現在式

以「助動詞＋動詞原形」的順序

第二！

Mari will be a pilot. 瑪麗將成為飛行員。

助動詞 + 動詞原形

Ori can sing a song. 奧利可以唱歌。

助動詞 + 動詞原形

否定句：在助動詞後加 not，疑問句：助動詞移到主詞前。

第三！

Can I look at the picture?

我可以看看這幅畫嗎？

助動詞

No, you can't. 不，你不能看。

助動詞

2. 助動詞的用法

我的兄弟應該在樹林裡看著我們吧！

是嗎？叫他們出來吧！

助動詞有好多兄弟喔！

哇～都可以組一支足球隊了！

兄弟們！出來打聲招呼吧！

快點出來

在沒有助動詞的句子中，用來構成否定句或疑問句。

She does not live here. 她沒有住在這裡。
Do you like pizza? 你喜歡吃披薩嗎？

避免重複前面已經出現過的動詞，用來代替動詞。

Who painted this picture? 這幅畫是誰畫的？
Ori did. (did=painted it) 奧利畫的。

使用在強調動詞時。

I do hope she will succeed. 我真的希望她能成功。
Ori did meet Mari yesterday 奧利確實昨天見了瑪麗。

◆ **here** (ad) 這裡、在這裡 / **paint** (v) 畫、上顏料 / **picture** (n) 圖畫、照片 / **hope** (v) 希望 /
succeed (v) 成功

我可以！

瑪麗，妳會説英文嗎？

瞧不起我啊！

Yes, I can speak English.

那你會游泳嗎？

Yes, I can.

〔否定句〕
**cannot (= can't) +
動詞原形**
He can't run. 他不能跑。

〔過去式〕
**could not (= couldn't) +
動詞原形**
He couldn't run. 他不能跑。

能力、可能性（可以～）

Mari can speak English.
瑪麗會説英文。
She can swim well. 她很會游泳。

許可（可以做～ = may）

Can I borrow your book? 我可以借你的書嗎？
Yes, you can. 是的，你可以。

強烈的疑問（到底～？）

Is it true? 那是真的嗎？（普通疑問）
Can it be true? 難道會是真的嗎？（強烈疑問）

否定推測（不可能～）

Mari can't be a painter. 瑪麗不可能是畫家。
It cannot be true. 那不可能是真的。

can 表示能力時，可以用
be able to 代替。

Mari can speak English.
**= Mari is able to speak
English.**

She can swim well.
= She is able to swim well.

◆ **borrow** (v) 借

許可（可以～）

You may use my ruler. 你可以用我的尺。
May I come in? 我可以進來嗎？
Yes, you may. 可以，你可以進來。

推測（可能～）

Mari may be upstairs. 瑪麗可能在樓上。
Ori may go to the movies tonight. 奧利今天晚上可能會去看電影。
The rumor may be false. 那個謠言可能是假的。
〔否定句〕 **may not +** 動詞原形
　　　　　Mari may not come home tonight. 瑪麗今天晚上可能不會回家。

祝願句（祝你～）

May you live long! 祝萬壽無疆！

◆ **ruler** (n) 尺 / **upstairs** (ad) 在樓上 / **tonight** (ad) 今晚、今夜 / **false** (a) 不正確的、謬誤的 / **rumor** (n) 謠言

你明天沒有別的事吧？

Why?

如果沒有別的事，跟我一起去淡水河邊騎腳踏車吧！

順便吹吹風！

I will go shopping tomorrow.
我明天要去購物。

◆ **go ~ing** 去做～
go skating 去溜冰
go fishing 去釣魚

未來（將要～）

Mari will go shopping tomorrow. 瑪麗明天要去購物。
Ori will watch TV. 奧利要看電視。

will 用作未來的意思時，
也可以用 **be going to** 來代替
I will go home.
我要回家。
= **I am going to go home.**
I won't go home.
我不回家。
= **I am not going to go home.**

〔否定句〕
will not (= won't) ＋動詞原形
I won't go to school.
我不去學校。

堅持主張（要～）

He will have his own way.
他要按照自己的想法去做。
The door will not open.
那扇門就是打不開。

現在的習慣、傾向（經常～）

Ori will sit here for hours.
奧利會在這裡坐好幾個小時。
A bear will not touch a dead body.
熊不會去觸碰屍體。

152

義務、強制（必須～）

I must go home before dark. 我天黑前必須回家。

Must I wait for him? 我必須等他嗎？

You must not walk on the grass. 你不可以在草坪上走。

Must you go there? ➡ Do you **have to** go there? 你必須去那裡嗎？

Mari **must** wear a school uniform.

➡ Mari **has to** wear a school uniform.

瑪麗必須穿校服。

（主詞為第三人稱單數，必須將 **have** 改成 **has**）

---

had to ← 過去式 — **must** — 未來式 → **will have to**

（**have to** 的過去式）　　　　　　　　　　　　　　　（不使用 **will must**）

★ **must** 的過去式 ➡ **had to**（**have to** 的過去式）

★ **must** 的未來式 ➡ **will have to**（不使用 **will must**）➡ 不用兩個助動詞。

Ori had to see the dentist yesterday.

奧利昨天不得不去看牙醫。

Ori will have to stay at home tomorrow.

奧利明天必須待在家。

★ **have to** 的否定句

　don't (doesn't) have to：沒有必要做～

Ori doesn't have to take medicine. ➡ 主詞為第三人稱單數時

奧利不需要吃藥。

You don't have to lose weight. ➡ 主詞為第一、第二人稱或複數時

你不需要減肥。

◆ **take medicine** 服藥 / **lose weight** 減重 / **gain weight** 發胖

★ **must not** ➡ 不准、不能夠～

★ **don't have to** ➡ 不需要、不必～

　雖然 **have to** 和 **must** 的意思相同，但 **must not** 和 **don't have to** 的意思卻完全不一樣。

Mari must not hurry. 瑪麗千萬別慌張。

Mari doesn'have to hurry. 瑪麗不需要慌張。

> 瑪麗，我們明天見！

> 急著回家，一定是家裡藏什麼好料吧！

Mari must be very angry.
瑪麗一定很生氣！

強烈推測（一定是～）

Mari must be very angry. 瑪麗一定很生氣。
Mari must be a painter. 瑪麗一定是位畫家。
That dog must be clever. 那隻狗一定很聰明。

◆ angry (a) 發怒的、生氣的 / painter (n) 畫家 / clever (a) 聰明的、伶俐的 /
lazy (a) 懶散的、怠惰的

★表示推測的 **must**，不可以用 **have to** 代替。

Ori must be sick.
奧利一定是生病了。
Ori has to be sick. (✗)
這句話的意思會變成
「奧利必須要生病。」

> 叫你快點生病啦！

★ **must**（一定是～）←→ **cannot**（不可能是）

Ori must be a lazy boy.
奧利一定是個懶惰的男孩。
Ori cannot be a lazy boy.
奧利不可能是懶惰的男孩。

義務、必要（應該～／最好是～）
must 和 **should** 的意思類似，但 **should** 表示義務的強度比 **must** 弱一些。

You should exercise every day.　　你最好每天運動。
You should take a rest.　　你最好休息一下。

〔**should not** 有表示禁止或忠告的含意〕
You should not eat too much.　　你最好不要吃太多。
You should not waste money.　　你最好不要浪費錢。

表示當然、遺憾、判斷時

It is natural that Ori should get angry. 奧利會生氣是很自然的。
It is strange that Ori should fail. 奧利竟然會失敗，太奇怪了。

表示忠告、提議、主張時

The doctor advised that Mari should take a rest.
醫生建議瑪麗要休養。
Ori proposed that Mari should not go on a diet.
奧利建議瑪麗不要節食。

◆ **exercise** (v) 運動 / **waste** (v) 浪費 / **natural** (a) 自然的、合乎常情的 /
strange (a) 奇怪的 / **fail** (v) 失敗 / **advise** (v) 忠告 / **propose** (v) 提出 / **rest** (n) 休息

表示過去非規則性的習慣（經常～）

Ori would often go fishing. 奧利以前經常去釣魚。
I would sit on the beach for hours. 我以前經常在海邊坐好幾個小時。

表示鄭重的請求（您可以～）

Would you open the window? 您可以打開窗戶嗎？
→比 **will you** 更鄭重的表達方式。
Would you come to my house? 您可以來我家嗎？

慣用句

I would like to buy a new computer. 我想買新電腦。
→ **would like to + 動詞原形**＝想做～
Would you mind opening the window? 你介意開窗戶嗎？
→ **Would you mind ~ing…?** ＝你介意～嗎？

ought to
need
used to

終於到終
點了！

你一路上一直拿著
木牌，辛苦了！

朋友，謝謝你
體諒我！

助動詞

目標就
在眼前
了！

We ought to help one another.
我們應該互相幫助。

竟然丟
下我…

堅持到最
後一刻！

---

ought to	義務、責任（應當～／應該～）

We ought to help one another. 我們應該互相幫助。

★否定句＝ ought not to

need	需要／有必要～（用於否定句、疑問句）

Ori need not come here. 奧利沒有必要來這裡。
Need Ori come here? 奧利必須來這裡嗎？

used to	過去經常～

Ori used to take a walk every morning.
奧利以前經常每天早上散步。
Ori used to live in Seoul. 奧利以前住在首爾。

1. 助動詞的特徵

■除了 do / does 以外，第三人稱單數即便是現在式也不加 **(e)s**。
Ori must do his homework.（奧利必須寫作業。）
■以「助動詞＋動詞原形」的順序
Ori can sing a song.（奧利可以唱歌。）
■在否定句、疑問句中，不使用 **do(es)**。
Can I look at the picture?（我可以看看這幅畫嗎？）

2. 助動詞的種類

■ do

A) 在沒有助動詞的句子中，用來構成否定句或疑問句。
Do you like pizza?（你喜歡吃披薩嗎？）
B) 避免重複前面已經出現過的動詞，用來代替動詞。
Who painted this picture? Ori did. (did=painted it)
（這幅畫是誰畫的？奧利畫的。）
C) 使用在強調動詞時。
I do hope she will succeed.（我真的希望她能成功。）

■ can

A) 能力、可能性（可以～）**She can swim well.**（她很會游泳。）
★ **can** 表示能力時，可以用 **be able to** 代替。
Mari can speak English.= Mari is able to speak English.（瑪麗會說英文。）
B) 許可（可以做～＝ **may**）
Can I borrow your book? Yes, you can.
（我可以借你的書嗎？是的，你可以。）
C) 強烈的疑問（到底～？）
Can it be true?（難道會是真的嗎？）
D) 否定推測（不可能～）**It cannot be true.**（那不可能是真的。）
★〔否定句〕**cannot (= can't) + 動詞原形 He can't run.**（他不能跑。）
★〔過去式〕**could not (= couldn't) + 動詞原形 He couldn't run.**（他不能跑。）

■ may

A) 推測（可能～）**Mari may be upstairs.**（瑪麗可能在樓上。）
B) 許可（可以～）**You may use my ruler.**（你可以用我的尺。）
C) 祝願句（祝你～）**May you live long!**（祝你萬壽無疆！）
★〔否定句〕**may not** ＋動詞原形
Mari may not come home tonight.（瑪麗今天晚上可能不會回家。）

■ **will**

A) 未來（將要～）**Ori will watch TV.**（奧利要看電視。）

★ **will** 用作未來的意思時，也可以用 **be going to** 來代替

I will go home. = I am going to go home.（我要回家。）

B) 堅持主張（要～）**He will have his own way.**（他要按照自己的想法去做。）

C) 現在的習慣、傾向（經常～）

Ori will sit here for hours.（奧利會在這裡坐好幾個小時。）

★〔否定句〕**will not (= won't)** ＋動詞原形

■ **must**

A) 義務、強制（必須～）

You must not walk on the grass.（你不可以在草坪上走。）

★當 **must** 表示必要或義務時，也可以使用 **have to** 代替。

Must you go there? = Do you have to go there?（你必須去那裡嗎？）

★ **must** 的過去式→ **had to**（**have to** 的過去式）

★ **must** 的未來式→ **will have to**（不使用 **will must**）

★ **have to** 的否定句 **don't (doesn't) have to**：沒有必要做～

B) 強烈推測（一定是～）**Mari must be very angry.**（瑪麗一定很生氣。）

■ **should**

A) 義務、必要（應該～／最好是～）

You should exercise every day.（你最好每天運動。）

B) 表示當然、遺憾、判斷時

It is strange that Ori should fail.（奧利竟然會失敗，太奇怪了。）

C) 表示忠告、提議、主張時

The doctor advised that Mari should take a rest.（醫生建議瑪麗要休養。）

■ **would**

A) 表示過去非規則性的習慣（經常～）

Ori would often go fishing.（奧利以前經常去釣魚。）

B) 表示鄭重的請求（您可以～）

Would you open the window?（您可以打開窗戶嗎？）

C) 慣用句

I would like to buy a new computer.（我想買新電腦。）

（**would like to + 動詞原形＝想做～**）

■ **ought to** 　義務、責任（應當～／應該～）**We ought to help one another.**
（我們應該互相幫助。）

■ **need** 　需要／有必要～ 用於否定句、疑問句
Ori need not come here.（奧利沒有必要來這裡。）

■ **used to** 　過去經常～ **Ori used to take a walk every morning.**
（奧利以前經常每天早上散步。）

A

請將下列句子中錯誤的部份更正。

1. Mari can swims well.
　　　➡ _____

2. Bora will is a pianist someday.
　　　➡ _____

3. Ori mays go to the movies tonight.
　　　➡ _____

4. She have to go home before dark.
　　　➡ _____

5. Mari don't have to hurry.
　　　➡ _____

6. She has to see the dentist yesterday.
　　　➡ _____

7. Would you mind open the window?
　　　➡ _____

8. We ought to not help one another.
　　　➡ _____

B

請依照指示修改句子。

1. You must be kind to her. （改成未來式）

_____

2. Ori must stay at home. （改成過去式）

_____

3. Mari must be a lazy girl. （改成相反的意思）

_____

4. You must go there. （改成疑問句）

_____

C

請依照句意填入正確的詞。

1. 瑪麗一定是位畫家。

   Mari _____ be a painter.

2. 你不需要減重。

   You _____ lose weight.

3. 奧利不需要來這裡。

   Ori _____ not come here.

4. 寶拉以前住在首爾。

   Bora _____ to live in Seoul.

5. 瑪麗以前會説英文。

   Mari _____ speak English.

D

請從括弧中選出適當的詞。

1. Mari may (is, be, will) sick.

2. Ori (is able, was able, will able) to solve the problem yesterday.

3. Can I (borrow, to borrow, will borrow) your glue?

4. Mari (has to, have to, had to) work last night.

5. She (don't have, doesn't have, must not) to go there.

6. An old tree (used to, is used to, used) stand there.

7. She (have to, has to, haves) be quiet in the classroom.

8. I would like (to go, to going, going) fishing.

9. Ori was very tired, but he (can't, couldn't, needn't) sleep.

10. Would you mind (colse, to close, closing) the window?

[正解]

A 1.swims→swim 2.is→be 3.mays→may 4.have→has 5.don't→doesn't 6.has→had
  7.open → opening 8.to not → not to

B 1.You will have to be kind to her. 2.Ori had to stay at home. 3.Mari cannot be a lazy girl.
  4.Must you go there? / Do you have to go there?

C 1.must 2.don't have to 3.need 4.used 5.could

D 1.be 2.was able 3.borrow 4.had to 5.doesn't have 6.used to 7.has to 8.to go
  9.couldn't 10.closing

被動語態
PASSIVE VOICE

「主動的孩子」，自己會念書，
「被動的孩子」，一定要媽媽在旁邊盯著才會乖乖念書。
「主動的孩子」，早上會自己起床，
「被動的孩子」，一定要媽媽叫，才會乖乖起床。
「主動的孩子」，會自己穿衣服，
「被動的孩子」，一定要媽媽幫他穿衣服。

「主動」是即便沒有人指示，也會自己做出行動，
「被動」是無法自主，須有人在旁指示才會行動。
那麼，〈被動態〉的意思為？
〈被〉就是被人指示的「被」，
〈動〉就是行動的「動」，
〈態〉就是形態的「態」。

所以，
〈被動語態〉就是指
得到某人的指示而做
出行動。
即「主詞因為某人
的關係而變得～」的
意思。

爸，其實我已經有心愛的人了。

爸爸…

什麼？

什麼？妳現在是不聽爸爸的話嗎？

我不要跟爸爸安排的人結婚！我不愛他！

嗚嗚嗚

如果不讓我跟我愛的人結婚，我寧願一死。

妳真的要這麼不聽話嗎？

哇～奧利和瑪麗演得真好！

他們為了當演員，很認真在磨練演技呢！

卡！

演得太棒了！

拍拍拍！

真的嗎？老師！

當然！很厲害！

老師，那下一個場景是什麼呢？

結果女孩還是被迫嫁給了自己不愛的人。最後女孩選擇了一死…

真是悲壯的愛情啊！

如此被動的生活真可憐！

你剛說被動？

被動

因為不能依自己意志選擇對象來結婚啊！

老師，那英文裡的被動語態是什麼呢？

被動語態？就是受到了某人的干預而有某一結果。

先說那扇門好了！

門無法自己關上，對吧？

必須要有人為的力量，才能使它開啟或關上。

如果奧利把門關上了，應該怎麼說呢？

門被奧利關上了。

那麼，戲裡的女主角呢？

她被爸爸強迫嫁給了別的男人。

嗚嗚…

1. 被動式的句型

首先，被動式可以使用第 3、第 4、第 5 個句型。

因為，必須要有受詞才可以組成被動式。

我們再來複習一遍句型吧？

句型 3　　S ＋ V ＋ O
　　　　　主詞　動詞　受詞
句型 4　　S ＋ V ＋ IO ＋ DO
　　　　　主詞　動詞　間接受詞　直接受詞
句型 5　　S ＋ V ＋ O ＋ OC
　　　　　主詞　動詞　受詞　受詞補語

第二點！

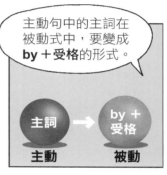

主動句中的主詞在被動式中，要變成 **by ＋受格**的形式。

主詞　→　by ＋受格
主動　　　被動

第三點！

主動句的動詞在被動式中，會變成 **be ＋ 過去分詞**的形式。

動詞　→　be ＋ 過去分詞
　　　　　被動

be 動詞必須跟主詞的人稱與數一致。

am, is, are, was, were…

那，時態呢？

時態則與主動句相同！

現在 → 現在
過去 → 過去
未來 → 未來

第四點！

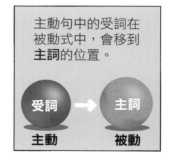

主動句中的受詞在被動式中，會移到**主詞**的位置。

受詞　→　主詞
主動　　　被動

接下來，我們將主動式改成被動式吧！

主動句	**He**	**loves**	**her.**	他愛她。
	主詞	動詞	受詞	

↓ 句型 3

→ 主詞是第三人稱單數，be 動詞用 **is**。

被動句	**She**	**is loved**	**by him.**	她被他愛著。
	主詞	動詞（**be** ＋過去分詞）	受詞	

主動句	**They**	**painted**	**those pictures.**	他們畫了那些畫。
	主詞	動詞	受詞	

↓ 句型 3

→ 主詞為第三人稱複數過去式，be 動詞用 **were**。

被動句	**Those pictures**	**were painted**	**by them.**
	主詞	動詞（**be** ＋過去分詞）	受詞

那些畫是他們畫的。

下列情況，大多會使用被動式哦！

★主動句的主詞不明確時（經常出現於電視新聞或報紙中）
He was killed in the battle. 他死於戰鬥中。
➡ 因為不清楚誰殺了他。

★★主動句的主詞是一般人或公眾時
Japanese is spoken in Japan. 在日本講日語。
➡ 因為日語是居住在日本的一般大眾使用的。

★★★想強調被動式的主詞時
Ori was punched by Mari. 奧利被瑪麗打了。
➡ 因為這裡要強調的不是瑪麗打人，而是奧利被打了。

★★★★不想交代主動句的主詞是誰時（因為不重要）
This house was built five years ago. 這間房子是五年前蓋的。
➡ 雖然一定是由某人所建的房子，但這點並不重要。

2. 被動式的時態

老師！

怎麼了？

您之前說改被動式時，時態跟主動式一樣，對吧？

沒錯！

但是主動式的時態總共有 12 種之多耶！

所以呢？

1 2

3 4 5 6 7

8 9 10 11 12

那被動式也會有 12 種的時態囉？

不過，被動式不會使用到未來進行式和完成進行式哦！

現在式 ⬅┈┈

be＋過去分詞

Ori writes a letter. 奧利寫信。

A letter is written by Ori.
　　　　　　　信是奧利寫的。

過去式 ⬅┈┈

be＋過去分詞

Ori painted this picture. 奧利畫了這幅畫。

This picture was painted by Ori.
　　　　　　　這幅畫是奧利畫的。

未來式 ⬅┈┈

will ＋ be ＋
過去分詞

Ori will clean this room. 奧利將打掃這間房間。

This room will be cleaned by Ori.
　　　　　　　這間房間將由奧利打掃。

現在完成式

have (has)
+ been +
過去分詞

Ori has invited Mari to dinner.

奧利邀請瑪麗吃晚餐。

Mari **has been invited** to dinner by Ori.

瑪麗被奧利邀請吃晚餐。

過去完成式

had + been
+過去分詞

Mari had cleaned my shoes before I left.

瑪麗在我離去前擦了我的鞋。

My shoes **had been cleaned** by Mari before I left .

在我離去前，我的鞋早已被瑪麗擦了。

未來完成式

will (shall)
have + been
+過去分詞

I will have cleaned the room when you come back .

你回來前，我將打掃完那間房間。

The room **will have been cleaned** by me when you come back.

你回來前，那間房間將被我打掃完。

現在進行式

be + being
+過去分詞

They are repairing the road.

他們正在整修道路。

The road **is being repaired** by them.

那條路正被他們整修。

過去進行式

was, were
+ being +
過去分詞

Ori was writing the letter.

奧利那時正在寫信。

The letter **was being written** by Ori.

那封信那時正被奧利寫。

帶有助動詞
的被動式

助動詞+ be
+過去分詞

We can't see stars at noon.

我們中午時看不見星星。

Stars **can't be seen** at noon by us.

星星不會在中午時被我們看到。

◆ **invite** (v) 邀請 / **repair** (v) 修理 / **see- saw- seen** (v) 看見 / **noon** (n) 中午

3. 哪些被動式需要注意？

〔句型 4〕

S ＋ V ＋ IO ＋ DO
主詞 動詞 間接受詞 直接受詞

主詞	動詞	**間接受詞**	直接受詞
Ori	gave	**Mari**	the book.

奧利把這本書給了瑪麗。

Mari   **was given**   **the book**   **by Ori.**

瑪麗被奧利給了這本書。

主詞	動詞	間接受詞	**直接受詞**
Ori	gave	Mari	**the book.**

奧利把這本書給了瑪麗。

The book   **was given**   **to**   **Mari**   **by Ori.**

這本書被奧利給了瑪麗。

公式整理
如下：

主動句	句型 4	S	+	V	+	IO	+	DO
間接受詞→主詞		IO	+	V	+	DO	+	(by) S
直接受詞→主詞		DO	+	V	+	IO	+	(by) S

現在換你們自己試試看吧！

〔句型 5〕 S ＋ V ＋ O ＋ OC
主詞 動詞 受詞 受詞補語

有受詞和受詞補語…

當然是由我當作被動式的主詞囉！

這個我懂！不過，受詞補語也能當主詞嗎？

我是受詞補語

受詞補語不能當主詞！

主詞	動詞	**受詞**	受詞補語	
We	**called**	**the puppy**	**Happy.**	我們叫那隻小狗「開心」。

The puppy　　**was called**　　**Happy**　　**by us.**

那隻小狗被我們叫做「開心」。

我是絕對不能當主詞的哦！

一定要記住！

主詞	動詞	**受詞**	受詞補語	
The movie	**made**	**me**	**happy.**	那部電影讓我很開心。

I　　**was made**　　**happy**　　**by the movie.**

我因為那部電影而感到開心。

要記得喔！

還有一點要特別注意！

是什麼？

如果將使用感官動詞和使役動詞的句型 5 改成被動式的話，

知覺

使役

感官動詞和使役動詞又是什麼？

使役　感官

不要急嘛！我已經都整理好了！

謝謝你～♫

當作受詞補語的原形動詞前方，要加上這個！

to

感官動詞
&
使役動詞

感官動詞就是看、聽、觸摸、感覺等，跟人的感覺有關係的動詞，如 **hear, see, watch, notice, observe, listen to, look at, feel** 等。使役動詞就是帶有「A 讓 B 去做某事」意思的動詞，如 **have, make, let** 等。

主詞	使役動詞	**受詞**	受詞補語	
She	**made**	**us**	**study hard.**	她要我們認真念書。

→ 放在原形動詞前方

| **We** | **were made** | **to study hard** | **by her.** |

我們被她要求認真讀書。

Ori saw Mari get into the car. 奧利看見瑪麗上了車。
➡ **Mari was seen to get into the car by Ori.**
瑪麗被奧利看見上了車。

快點啦！
快點！

你算什麼東西，
竟敢命令我！

我沒有命令妳啊！

否定句

don't (didn't) →主詞 + be + not + 過去分詞

Ori did not write the card.
奧利沒有寫卡片。
The card was not written by Ori.
卡片不是奧利寫的。

帶有助動詞的否定句→主詞＋助動詞 + not + be ＋過去分詞

Ori cannot play the piano.
奧利不會彈奏鋼琴。
The piano cannot be played by Ori.
鋼琴無法被奧利彈奏。

祈使句

let ＋受詞 + be ＋過去分詞

Don't forget this rule.
別忘了這個規則。
Don't let this rule be forgotten.
別讓這個規則被忘記。

◆ **write- wrote- written** (v) 書寫 / **forget- forgot- forgotten** (v) 忘記 / **rule** (n) 規則

疑問句

居然…還有啊？

啪！

天哪…接下來這個會有點複雜哦！

奧利！這個由你來說明！

1 疑問句   Did   you   find   the book?

2 先將疑問句改成敘述句   You   found   the book.

3 再將敘述句改成被動式   The book   was found   by you.

4 然後，再將被動式改回疑問句   Was   the book   found   by you?

  1. **Did** you **find** the book? 你找到書了嗎？
→ 2. **You** found **the book.** 你找到書了。
→ 3. **The book** was found **by you.** 那本書被你找到了。
→ 4. **Was** the book **found** by you? 那本書是被你找到的嗎？

帶有疑問詞的疑問句   疑問詞仍放在最前方

What do you call this flower? 你把這花叫什麼？
→ **What** is this flower called? 這花被叫作什麼？

They sell the robot at the shop.

他們在那間商店賣機器人。

➡ **The robot is sold at the shop (by them).**

機器人在那間商店販賣。（因為是不清楚的人，所以省略掉也無妨。）

使用 by 以外的介系詞

通常在被動式中會使用「**by ＋行為者**」，
但有時也會使用 **by** 以外的其他介系詞。

I am interested in this book. 我對這本書感興趣。

The mountain was covered with snow. 那座山被雪覆蓋。

We were surprised at the news. 我們對那個消息感到震驚。

Pinocchio was made of wood. 皮諾丘是由木頭製成的。

The actor is known to everyone. 那位演員為大家所知。

1. 被動式

（只有句型 3、句型 4、句型 5 才可以改成被動句 —— 因為必須要有受詞才可改。）

■ 主動句中的主詞在被動式中，要變成 **by** ＋受格（或省略）。

■ 主動句的動詞在被動式中，要變成 **be** ＋**過去分詞**。

　be 動詞必須跟主詞的人稱與數一致。時態則與主動句相同！

■ 主動句的受詞在被動式中，會變成主詞。

★下列情況，大多使用被動式。

　A) 主動句的主語不明確時 **He was killed in the battle.**（他死於戰鬥中。）

　B) 主動句的主詞是一般人或公眾時 **Japanese is spoken in Japan.**（在日本講日語。）

　C) 想強調被動式的主詞時 **Ori was punched by Mari.**（奧利被瑪麗打了。）

　D) 不想交代主動句的主詞是誰時（因為不重要）

　　This house was built five years ago.（這間房子是五年前蓋的。）

2. 被動式的時態

■ 現在式〔**be** ＋過去分詞〕

　Ori writes a letter. ➞ **A letter is written by Ori.**

■ 過去式〔**be** ＋過去分詞〕

　Ori painted this picture. ➞ **This picture was painted by Ori.**

■ 未來式〔**will** ＋ **be** ＋過去分詞〕

　Ori will clean this room. ➞ **This room will be cleaned by Ori.**

■ 現在完成式〔**have (has)** ＋ **been** ＋過去分詞〕

　Ori has invited Mari to dinner. ➞ **Mari has been invited to dinner by Ori.**

■ 過去完成式〔**had** ＋ **been** ＋過去分詞〕

　Mari had cleaned my shoes before I left. ➞ **My shoes had been cleaned by Mari before I left.**

■ 未來完成式〔**will (shall) have** ＋ **been** ＋過去分詞〕

　I will have cleaned the room when you come back. ➞ **The room will have been cleaned by me when you come back.**

■ 現在進行式〔**be** ＋ **being** ＋過去分詞〕

　They are repairing the road. ➞ **The road is being repaired by them.**

■ 過去進行式〔**was, were** ＋ **being** ＋過去分詞〕

　Ori was writing the letter. ➞ **The letter was being written by Ori.**

■ 帶有助動詞的被動式〔助動詞＋ **be** ＋過去分詞〕

　We can't see stars at noon.

　➞ **Stars can't be seen at noon by us.**

★被動式不會使用到未來進行式和完成進行式。

3. 哪些被動式需要注意？

■句型 4 的被動式／直接受詞和間接受詞皆可以是被動式的主詞。

Ori gave Mari the book.

間接受詞➡ **Mari was given the book by Ori.**

直接受詞➡ **The book was given to Mari by Ori.**（瑪麗被奧利給了這本書。）

■句型 5 的被動式

由受詞當作被動式的主詞，受詞補語不能當作主詞。

The movie made me happy. ➡ I was made happy by the movie.

（我因為那部電影而感到開心。）

★使用感官動詞和使役動詞的句型 5，如果要改成被動式，要在原受詞補語的原形動詞前方，加上 **to**。

She made us study hard. ➡ We were made to study hard by her.

（我們被她要求認真讀書。）

■否定句

don't (didn't) →主詞 ＋ **be** ＋ **not** ＋過去分詞

Ori did not write the card. ➡ The card was not written by Ori.

（卡片不是奧利寫的。）

帶有助動詞的否定句→主詞＋助動詞 ＋ **not** ＋ **be** ＋過去分詞

Ori cannot play the piano. ➡ The piano cannot be played by Ori.

（鋼琴無法被奧利彈奏。）

■祈使句／ **let** ＋受詞 ＋ **be** ＋過去分詞

Don't forget this rule. ➡ Don't let this rule be forgotten.

（別讓這個規則被忘記。）

■疑問句／先將疑問句改成敘述句→再將敘述句改成被動式→再將被動式改回疑問句。

Did you find the book?（你找到書了嗎？）

改成敘述句➡ **You found the book.**（你找到書了。）

改成被動式➡ **The book was found by you.**（那本書被你找到了。）

改成疑問句➡ **Was the book found by you?**（那本書是被你找到的嗎？）

■「**by** ＋行為者」➡ 省略的情況

主動句的主詞如果不明確或是一般大眾，在被動句中，就可以省略掉。

They sell the robot at the shop. ➡ The robot is sold at the shop (by them).

（機器人在那間商店販賣。）

■使用 **by** 以外的介系詞

I am interested in this book.（我對這本書感興趣。）

The mountain was covered with snow.（那座山被雪覆蓋。）

We were surprised at the news.（我們對那個消息感到震驚。）

Pinocchio was made of wood.（皮諾丘是由木頭製成的。）

The actor is known to everyone.（那位演員為大家所知。）

A

請將下列句子改成被動式。

1. Mari writes a letter.

   _____

2. Ori painted these pictures.

   _____

3. She will clean that room.

   _____

4. They are repairing the road.

   _____

5. We can't see stars at noon.

   _____

6. We called the puppy Mong.

   _____

7. Mari read many books.

   _____

B

請將下列句子改成主動式。

1. The bottles were broken by Ori.

   _____

2. Ori is loved by Mari.

   _____

3. We were taught Chinese by Mr. Hong.

   _____

4. The cat was called Miso by us.

   _____

5. This table was made by them.

   _____

6. Her story couldn't be understood by us.

   _____

C

請依照句意填入適當的單字。

1. 我對這本書感興趣。

   I am interested _____ this book.

2. 我們對那個消息感到震驚。

   We were surprised _____ the news.

3. 那座山被雪覆蓋。

   The mountain is covered _____ snow.

4. 那位演員為大家所知。

   The actor is known _____ everyone.

D

請從下列括弧中，選出正確的詞。

1. The digital camera (was broken, were broken, be broken) by Ori.

2. Mari (is loving, are loved, is loved) by everybody.

3. She (is seen, was seen, was seen to) enter the room by him.

4. A postcard (was sent, was send, was sending) to Mari by Ori.

5. What (wrote, were written, was written) by Mari?

6. The work (does, is done, will be done) by tomorrow.

7. This letter (was wrote, was written in, was written by) her.

[正解]

A 1.A letter is written by Mari.　2.These pictures were painted by Ori.　3.That room will be cleaned by her.　4.The road is being repaired (by them).　5.Stars can't be seen at noon (by us).　6.The puppy was called Mong (by us).　7.Many books were read by Mari.

B 1.Ori broke the bottles.　2.Mari loves Ori.　3.Mr. Hong taught us Chinese.　4.We called the cat Miso.　5.They made this table.　6.We couldn't understand her story.

C 1.in　2.at　3.with　4.to

D 1.was broken　2.is loved　3.was seen to　4.was sent　5.was written　6.will be done
　7.was written by

I like computer games.
I like to play computer games.

第一句的意思是「我喜歡電腦遊戲。」
第二句的意思是「我喜歡玩電腦遊戲。」

這兩句有什麼不同呢?
第一句出現了表示受詞「**computer games**」的「名詞」,
第二句的受詞則是「**to play computer games**」,含有「玩電腦遊戲」的意思。
「玩電腦遊戲」不是動詞嗎?
難道「動詞」也可以當作「受詞」使用嗎?

其實,動詞也可以當作受詞使用。
能夠實現這件事的大功臣,就是「**to**」。
沒錯!「**to** 不定詞」有著讓
「動詞」變成「名詞」、
「形容詞」、「副詞」的
力量。由於 **to V** 在句中的
作用是未定的,因此
〈不定詞〉就是指不
受限定的詞。

1. 不定詞的用法

今年第一站先來韓國囉！魯道夫，你會説韓語嗎？

當然會啦！

聖誕老公公一定會來！

真的嗎？聖誕老公公，今年我很乖，你一定要來哦！

在白雪上騎著雪橇～

To learn Korean is difficult.
學韓語好難。

再複習一遍好了！

翻頁

輕輕地

這裡就是奧利的房間了吧！

輕輕地

奧利啊！快開門啊！

聖誕老公公要從窗戶進來嗎？

對～

哈囉！

你家沒煙囪，我當然從窗戶進來啊！

哇～

來，這是你的禮物！

可是，這好像不是我要的禮物，怎麼辦？

你要的禮物是什麼啊？我看一下名單…啊！在這裡！是溜冰鞋，沒錯啊！

但是我今天改成電腦了。

對不起…

你不是已經有電腦了嗎？

He is too poor to buy a computer.
他太窮了，買不起電腦。

其實，我有一個朋友名叫「閃電」。

真的不行嗎？我把禮物還給您！

你是想要把電腦送給你的朋友閃電嗎？

對！

奧利，你有一顆善良的心呢！我就答應你吧！

打勾勾！

太好了！

I'm pleased to meet you.
很高興見到你。

Me too.

按一

倒帶一下！

To learn Korean is difficult.

發音練習

我來教您韓語吧！

這是什麼？

「learn」竟然是主詞？

To learn

而且，前面還加了一個 to。

To learn

奧利，那個是「to 不定詞」。

to 不定詞？這到底是什麼？

to 不定詞有著將「動詞」變成「名詞」、「形容詞」、「副詞」的力量。

動詞

名詞

形容詞

副詞

to 不定詞

聖誕老公公，既然都來了，就順便教我「不定詞」的用法吧！

我還得去送禮物給其他孩子們呢！

全部交給快遞公司來送就好啦！

這鬼靈精怪的傢伙

先從名詞性用法開始學吧！

名詞性用法

如果要將 to 不定詞用作名詞的話…

名詞可以是句子中的主詞、受詞或補語等。

魯道夫，這裡沒人問你！

再調皮，我就把你送回北極哦！

知道了！

您不要責備魯道夫嘛！

硬咽　硬咽

真是裝模作樣！

難過！

名詞性用法

to 不定詞可以行使名詞所有的功能。
可以作為句子的主詞，也可以作為受詞或補語。

A. 當主詞時（做～的這件事）

To learn Korean is difficult.

→ **It is difficult to learn Korean.** 學韓語很難。

為了避開出現在主詞位置的不定詞，借用了假的主詞 **it**。

真正的主詞－「**不定詞**」則放在後面。

To play the piano is not easy.

→ **It is not easy to play the piano.** 彈鋼琴並不容易。

假主詞　　　真主詞

Mari wants to be thin. 瑪麗希望變苗條。

　　　　　　　　➤ 變苗條

I would like to eat **some pizza.** 我想吃披薩。

　　　　　　　　➤ 吃披薩

疑問詞＋ to 不定詞

I don't know what to do. 我不知道該做些什麼。

I don't know where to go. 我不知道該去哪裡。

C. 當補語時

My hobby is to go shopping. 我的興趣是去逛街購物。

　　　　　　　　（我的興趣）＝去逛街

Her wish is to be a pilot in the future. 她的願望是將來當飛行員。

　　　　　　　　（她的願望）＝將來當飛行員

形容詞性的用法呢？

形容詞性用法

可以解釋成「做的～」、「將要做的～」。

愛睏…

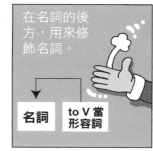

在名詞的後方，用來修飾名詞。

名詞　to V 當形容詞

A. 「to 不定詞」修飾名詞

Ori has a lot of homework to do. 奧利要做的作業很多。

　　　　　　　　　要做的（作業）

I want something to drink. 我想喝點東西。

　　　　　　　　可以喝的（東西）

I want a chair to sit on. 我想坐張椅子。
　　　　　　　　　　可以坐的（椅子）

Mari needs a pen to write with. 瑪麗需要一支寫字的筆。
　　　　　　　　　　　寫字的（筆）

Ori wants a radio to listen to. 奧利想要一台收音機來聽。
　　　　　　　　　　可聽的（收音機）

最後！

副詞性用法

聖誕老公公，您可別睡著了！

抱歉…

如同副詞的功能，可修飾動詞、形容詞、其他副詞或整個句子等。

吐氣…

A. 表示目的（為了～）

Ori went to the restaurant to meet Mari.
　　　　為了見面（而去）　　　　　　　　奧利為了見瑪麗而去餐廳。

Mari went to the store to buy a doll.
　　　　為了買（而去）　　　　　　瑪麗為了買洋娃娃而去商店。

B. 表示感情的原因（因為～）

I'm pleased to meet you. 我很高興見到你。
　　　　　　　　因為見面（而高興）

I'm sorry to hear the bad news. 聽到這個壞消息，我感到很難過。
　　　　　　　　因為聽見（而難過）

★使用在表示高興、難過、幸福等的原因，放在 **glad, sorry, happy** 等字的後面。

She lived to be ninety. 她活到了九十歲。
　　　　↑ 直到（活了）
She grew up to be a dentist. 她長大後成了牙科醫師。
　　　　↑ （長大了）變成

This juice is not good to drink. 這個果汁並不好喝。
　　　　↑ 喝起來（不好）
This game is not easy to play. 這個遊戲玩起來不容易。
　　　　↑ 玩起來（不容易）

★〈不定詞的否定形〉在不定詞前方加上 **not** 即可。
　　Ori told me not to go home. 奧利叫我不要回家。

2. 原形不定詞的用法

We saw Mari go out.
我們看到瑪麗出去。

不定詞通常是 **to** ＋原形動詞的形態…

這個怎麼會沒有 to？

沒有了 **to**，還算是不定詞嗎？

當然啊！

「沒有 **to** 的不定詞」稱之為「原形不定詞」。

原形不定詞

原來如此。

原形不定詞

Mari had him clean the room.
瑪麗讓他打掃房間。

如果感官動詞（**see, watch, hear** 等）後面出現的不定詞為受詞補語時，需使用原形不定詞。

We saw Mari go out. 我們看到瑪麗出去了。
Ⓢ Ⓥ Ⓞ ⬦ ⓄⒸ 原形不定詞（受詞補語）

We heard Ori sing. 我們聽見了奧利在唱歌。
Ⓢ Ⓥ Ⓞ ⬦ ⓄⒸ 原形不定詞（受詞補語）

如果使役動詞（**make, let, have** 等）後面出現的不定詞為受詞補語時，也使用原形不定詞。

Ori made us do it at once. 奧利要我們立刻去做那件事。
Ⓢ Ⓥ Ⓞ ⬦ ⓄⒸ 原形不定詞（受詞補語）

Mari let him attend the party. 瑪麗讓他去參加派對。
Ⓢ Ⓥ Ⓞ ⬦ ⓄⒸ 原形不定詞（受詞補語）

Mari had him clean the room. 瑪麗要他打掃房間。
Ⓢ Ⓥ Ⓞ ⬦ ⓄⒸ 原形不定詞（受詞補語）

感官動詞、使役動詞的受詞後接原形不定詞，若是在被動句中，則需使用 **to 不定詞**。

I saw Mari enter the room. 我看到瑪麗進去房間。
Ⓢ Ⓥ Ⓞ ⬦ ⓄⒸ 原形不定詞（受詞補語）

→ **Mari was seen to enter the room by me.**
　　　　　　to 不定詞　　　瑪麗被我看到進去房間。

3. 不定詞的時態

接下來，您再為我說明一下不定詞的時態吧。

我快餓死了…為了送禮物，晚餐都還沒吃呢！

知道了！我馬上去準備吃的過來！

請用！

這麼快！

哇～

呼嚕嚕…

喂！你為什麼沒準備我的份？

可惡！

家裡沒有草給你吃，現在是寒冬！

等一下！

我有辦法了！

這是我爸爸最珍愛的花草，你要吃嗎？

要是吃了，害奧利被爸爸教訓怎麼辦？

我吃飽啦！我們繼續學習吧！

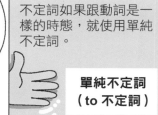

不定詞如果跟動詞是一樣的時態，就使用單純不定詞。

單純不定詞
（to 不定詞）

如果不定詞比動詞的時態早，則要使用完成不定詞。懂了嗎？

完成不定詞
（to + have
＋過去分詞）

不定詞的時態

不定詞本身無法表示動作或狀態的「時間」。但句子脈絡如果已經定義了時間，則依照以下規則：
不定詞如果跟謂語動詞是一樣的時態，就使用單純不定詞（**to** 不定詞）。
不定詞如果比謂語動詞的時態要早，則要使用完成不定詞（**to** ＋ **have** ＋過去分詞）。

單純不定詞（**to** 不定詞）

★改成複合句時，需遵守時態的原則。

He seems to be rich.
➡ It seems that he is rich. 他好像很有錢。
　　　　　　　　　　　★和 **seems** 一樣的時態

He seemed to be rich.
➡ It seemed that he was rich. 他以前似乎很有錢。
　　　　　　　　　　　★和 **seemed** 一樣的時態

完成不定詞（**to** ＋ **have** ＋過去分詞）

Bora seems to have been poor.
➡ It seems that Bora was poor. 寶拉以前似乎很窮。
　　　　　　　　　　　★比 **seems** 更早的時態

Bora seemed to have been poor.
➡ It seemed that Bora had been poor. 寶拉似乎曾經很窮。
　　　　　　　　　　　★比 **seemed** 更早的時態

未來的希望、期待等動詞（hope, want）後方出現的單純不定詞，為未來的時態。

I want to see her. 我想見她。
　　　★想見（在未來）
I hope to win the game. 我希望贏得比賽。
　　　★希望獲勝（在未來）

4. 不定詞的慣用表達法

---

too … to (do)… = so … that … cannot（太～而無法～）

Ori is too poor to buy the computer.

Ori is so poor that he cannot buy the computer.

奧利太窮了，買不起這台電腦。

---

so as to (do) … = so … that … can…（很～而能夠～）

Mari is so rich as to buy it.

Mari is so rich that she can buy it.

瑪麗很有錢，買得起那個。

… enough to (do)… = so … that … can…（足以～）

Bora is old enough to travel alone.

Bora is so old that she can travel alone.

寶拉年紀夠大，可以獨自旅行了。
（寶拉已經到了可以獨自旅行的年紀）

---

had better + 原形不定詞（最好～）

Ori had better go home. 奧利最好回家。
Mari had better not go home. 瑪麗最好不要回家。

1. 不定詞的用法
  ■名詞性用法
   A) 當主詞時（做～的這件事）
     To learn Korean is difficult. ➡ **It is difficult to learn Korean.**
     （學韓語很難。）
     To play the piano is not easy. ➡ **It is not easy to play the piano.**
     （彈鋼琴並不容易。）
   B) 當受詞時
     Mari wants to be thin（瑪麗希望變苗條。）
     I would like to eat some pizza.（我想吃披薩。）
     ★**疑問詞＋to 不定詞**
     I don't know what to do.（我不知道該做些什麼。）
   C) 當補語時
     My hobby is to go shopping.（我的興趣是去逛街購物。）
     Her wish is to be a pilot in the future.（她的願望是將來當飛行員。）
  ■形容詞性用法
   A)「**to 不定詞**」修飾名詞
     I want something to drink.（我想喝點東西。）
     Ori has a lot of homework to do.（奧利要做的作業很多。）
   B)「**to 不定詞＋介系詞**」修飾名詞
     I want a chair to sit on.（我想坐張椅子。）
  ■副詞性用法
   A) 表示目的（為了～）
     Ori went to the restaurant to meet Mari.
     （奧利為了見瑪麗而去餐廳。）
   B) 表示感情的原因（因為～）
     I'm pleased to meet you.（我很高興見到你。）
     I'm sorry to hear the bad news.（聽到這個壞消息，我感到很難過。）
   C) 表示結果
     She grew up to be a dentist.（她長大後成了牙科醫師。）
     She lived to be ninety.（她活到了九十歲。）
   D) 修飾形容詞
     This game is not easy to play.（這個遊戲玩起來不容易。）
     This juice is not good to drink.（這個果汁並不好喝。）
★〈不定詞的否定形〉在不定詞前方加上 not 即可。
  Ori told me not to go home.（奧利叫我不要回家。）

2. 原形不定詞的用法（省略 to 的情況）

■感官動詞（**see, watch, hear** 等）後面出現的不定詞為受詞補語時。

We saw Mari go out.（我們看到瑪麗出去了。）

■使役動詞（**make, let, have** 等）後面出現的不定詞為受詞補語時。

Mari let him attend the party.（瑪麗讓他去參加派對。）

■感官動詞、使役動詞的受詞後接原形不定詞，若是在被動句中，則需使用 **to** 不定詞。

I saw Mari enter the room.（我看到瑪麗進去房間。）

➡ **Mari was seen to enter the room by me.**

（瑪麗被我看到進去房間。）

3. 不定詞的時態

如果跟謂語動詞是一樣的時態，就使用單純不定詞，如果比謂語動詞的時態要早，則使用完成不定詞。

■單純不定詞（**to** 不定詞）

He seems to be rich.（他好像很有錢。）

■完成不定詞（**to ＋ have ＋過去分詞**）

Bora seems to have been poor.（寶拉以前似乎很窮。）

■表示未來的希望、期待等動詞（**hope, want** 等）後方出現的單純不定詞，表示「未來」的時態。

I want to see her.（我想見她。）

4. 不定詞的慣用表達法

■ **too…to (do)…= so … that … cannot**（太～而無法～）

Ori is too poor to buy the computer.

➡ **Ori is so poor that he cannot buy the computer.**

（奧利太窮了，買不起這台電腦。）

■ **so as to (do) … = so … that … can…**（很～而能夠～）

Mari is so rich as to buy it.

➡ **Mari is so rich that she can buy it.**

（瑪麗很有錢，買得起那個。）

■ **… enough to (do)…= so … that … can…**（足以～）

Bora is old enough to travel alone.

➡ **Bora is so old that she can travel alone.**

（寶拉年紀夠大，可以獨自旅行了。）

■ **had better ＋ 原形不定詞**（最好～）

Ori had better go home.（奧利最好回家。）

Mari had better not go home.（瑪麗最好不要回家。）

A 請選出劃線部份的用法與其他三者不同的選項。

1. ① <u>To learn</u> Korean is difficult.
   ② It is difficult <u>to learn</u> Korean.
   ③ My hobby is <u>to go</u> shopping.
   ④ I want something <u>to drink</u>.

2. ① Ori has a lot of homework <u>to do</u>.
   ② Mari went to the store <u>to buy</u> a doll.
   ③ I'm pleased <u>to meet</u> you.
   ④ She lived <u>to be</u> ninety.

3. ① I'm sorry <u>to hear</u> the bad news.
   ② I want a chair <u>to sit</u> on.
   ③ Ori wants a radio <u>to listen</u> to.
   ④ She needs a pen <u>to write</u> with.

4. ① This juice is not good <u>to drink</u>.
   ② She grew up <u>to be</u> a dentist.
   ③ This game is not easy <u>to play</u>.
   ④ Her wish is <u>to be</u> a pilot in the future.

B 請依照句意，填入適當的詞。

1. He seems to be rich.
   = It seems that he _____ rich.

2. Bora seemed to have been poor.
   = It seemed that Bora _____ poor.

3. Mari is so poor that she cannot buy the computer.
   = Mari is _____ poor _____ buy the computer.

4. Mari is so rich that she can buy it.
   = Mari is _____ rich _____ to buy it.

5. Sora is so old that she can travel alone.
   = Sora is old enough _____ travel alone.

C

請將下列句子錯誤的部份改正。

1. You had better to tell the story.

_____

2. Ori was enough foolish to believe it.

_____

3. Mari had him to clean the room.

_____

4. He asked me not make a noise.

_____

5. She wanted Ori not to being a painter.

_____

D

請從括弧中選出正確的選項。

1. Can you tell me (how to use, how use, how using) the machine?
2. I asked Ori (to come, coming, come) to the meeting.
3. Ori promised (to not be, not to be, to be not) late for school.
4. She wants (to study, to studying, to be studying) hard.
5. (To learn Chinese, To learning Chinese, Learn Chinese) is important.
6. His plan is (to teach, to teaching, being teach) students.
7. I saw Ori (to come, to coming, come) in.
8. Sora let them (go, to go, to going) out.
9. He was seen (to come, come, to coming) out of the room.
10. They had Ori (do, to do, to doing) the work.

[正解]
A 1. ④ 2. ① 3. ① 4. ④
B 1.is 2.had been 3.too, to 4.so, as 5.to
C 1.You had better tell the story. 2.Ori was foolish enough to believe it. 3.Mari had him clean the room. 4.He asked me not to make a noise. 5.She wanted Ori not to be a painter.
D 1.how to use 2.to come 3.not to be 4.to study 5.To learn Chinese 6.to teach 7.come 8.go 9.to come 10.do

動名詞
GERUND

如果想把「玩、吃、給」等動詞當名詞來使用，該怎麼做呢？
這有什麼難的嘛！
只需要在動詞原形後方，接上 **~ing** 就可以變成名詞囉！

如上述所言，動詞原形接上 **~ing** 就可以當作名詞使用，因此，它被稱為「動名詞」。「動名詞」和不定詞如兄弟般，真的很相像呢！
這兩者皆是由「動詞」產生，然後行使「動詞」所辦不到的各種作用。
「動名詞」和「不定詞」的
不同之處除了「外型」以外，
另一點就是：「不定詞」可當名詞、形容詞、副詞，
而「動名詞」只用作「名詞」的功能。
因此，「動名詞」在英文句子中，
可以當作「主詞」、「受詞」、
「補語」等角色。

沒錯！之前我似乎重複出現太多次了，

總而言之，動詞是最重要的！

不定詞

助動詞

分詞

到處都用得到

好啦！動詞，我知道你很厲害啦！

那你這次又要變成什麼模樣？

我就知道你們會問我這個問題！

嘻嘻嘻—

有備而來呢！

好吧！讓我來告訴你們好了！

動　名　詞

就是動詞變成名詞的意思！

動詞竟然可以變成名詞？怎麼可能辦得到？

只要在動詞後，加上 ing 就變成名詞啦！

ing

哇～動名詞！

1. 動名詞的用法

點頭

■當作主詞

swim 游泳（動詞）　swimming 游泳（名詞）

Swimming is very interesting. 游泳非常有趣。
Ⓢ　　　　　Ⓥ

learn 學習（動詞）　learning 學習（名詞）

Learning Japanese is difficult. 學日語很難。
Ⓢ　　　　　　　　Ⓥ

■當作補語

collect 收集（動詞）　collecting 收集（名詞）

Her hobby is collecting stamps. 她的興趣是收集郵票。
　　 Ⓢ　　　　Ⓥ　　　　Ⓒ

draw 畫（動詞）　drawing 畫（名詞）

His hobby is drawing pictures. 他的興趣是畫畫。
　　 Ⓢ　　　　Ⓥ　　　 Ⓒ

■當作受詞

swim 游泳（動詞）　swimming 游泳（名詞）

Ori enjoyed swimming in the river. 奧利喜歡在河裡游泳。
　Ⓢ　　 Ⓥ　　　 Ⓞ

do 做（動詞）　doing 做（名詞）

Did you finish doing your homework? 你作業做完了嗎？
　Ⓢ　　 Ⓥ　　 Ⓞ

open 打開（動詞）　opening 打開（名詞）

Would you mind opening the window? 可以開窗戶嗎？
　　　 Ⓢ　　 Ⓥ　　 Ⓞ

★ enjoy, finish, mind 等後接的動詞若是「動作」，該動詞使用動名詞，非不定詞。

■當作介系詞的受詞
介系詞後面的部分稱之為「**介系詞的受詞**」。
能夠作為介系詞的受詞，通常是名詞或代名詞。
因此，若動作要當介系詞的受詞，則需使用動名詞。

dance 跳舞（動詞）　dancing 跳舞（名詞）

Ori is not good at dancing. 奧利不太會跳舞。
Ⓢ Ⓥ　　　　　　 Ⓒ

play 彈奏（動詞）　playing 彈奏（名詞）

Mari is interested in playing the piano. 瑪麗對彈鋼琴感興趣。
　Ⓢ　　 Ⓥ　　　 Ⓒ

2. 動名詞的時態

我們來看動名詞的時態吧！

跟不定詞的時態一樣，動名詞的時態也有兩種。

畢竟動名詞和不定詞是表兄弟

單純動名詞
(動詞原形 + ~ing)

完成動名詞
(having + 過去分詞)

單純動名詞

表示一致的時態或之後的時態。

being 和 is 是一致的時態。

She is proud of being an artist.
她以身為藝術家而感到自豪。

➡ **She is proud that she is an artist.**

seeing 是之後的時態。

I 'm sure of seeing her.
我相信一定會見到她的。

➡ **I'm sure that I will see her.**

完成動名詞

表示比謂語動詞更早的時態。

having done 比 is 更早的時態。

Ori is proud of having done that.
奧利以做了那件事為豪。

➡ **Ori is proud that he did that.**

having been 比 am 更早的時態。

I 'm sure of having been honest.
我確信我那時很誠實。

➡ **I'm sure that I was honest.**

3. 動名詞的慣用法

集合囉！

怎麼了？出了什麼事？

我列出常見的動名詞慣用語。

■ **it is no use ~ing**：～也沒有用
It is no use **crying** over spilt milk. 為了已打翻的牛奶哭也沒有用。

■ **go ~ing**：去做～
He went **fishing** with his father. 他和爸爸一起去釣魚了。

■ **How about ~ing**：做～如何？
How about **going** on a picnic tomorrow? 明天我們去郊遊如何？

■ **feel like ~ing**：想要～
I feel like **going** on a diet. 我想減重。

■ **cannot help ~ing**：無法不～／禁不住～
I could not help **wanting** to go on a trip. 我禁不住想去旅行。

■ **be busy ~ing**：忙於～
Ori is busy **playing** computer games. 奧利忙著玩電腦遊戲。

■ **There is no ~ing**：不能～
There is no **going** to the movies. 不能去看電影。

◆ **spill- spilt- spilt** (v)（把液體、粉末等）溢出、散落 / **trip** (n)（較短時間的）旅行、遠足

4. 動名詞和不定詞的比較

不定詞作受詞的動詞

動名詞作受詞的動詞

動名詞和不定詞都可作為受詞的動詞

■ 只能以不定詞形式當作受詞的動詞
（**want, wish, hope, decide** 等）

Mari wants to be a pilot. 瑪麗想當飛行員。

I wish to go abroad. 我想去國外。

I hope to see you again. 我希望再見到你。

Ori has decided to be a cook. 奧利決定要成為廚師。

◆ **abroad** (ad) 在國外、到國外 / **decide** (v) 決定 / **begin- began- begun** (v) 開始 /
enjoy (v) 喜愛

■只能以動名詞形式當作受詞的動詞
（enjoy, finish, mind, stop 等）

Ori enjoys watching TV. 奧利喜歡看電視。
Ⓢ　Ⓥ　Ⓞ

Have you finished writing a letter? 你寫完信了嗎？
　　Ⓢ　　Ⓥ　Ⓞ

Mari stopped talking. 瑪麗停止說話了。
Ⓢ　　Ⓥ　Ⓞ

★→ Mari stopped to talk. 瑪麗停下來講話。
　　　　Ⓢ　　Ⓥ
　　　　　　└ 使用不定詞的副詞性用法，並非當作受詞。（句型1）

My uncle stopped smoking. 我叔叔戒了菸。
Ⓢ　　　Ⓥ　Ⓞ

★→ My uncle stopped to smoke. 我叔叔停下來抽菸。
　　　Ⓢ　　　　Ⓥ
　　　　　　└ 使用不定詞的副詞性用法（句型1）

■動名詞和不定詞形式皆可以當作受詞的動詞
（begin, start, like, love 等）

Ori began to run.
→ Ori began running. 奧利開始跑了。

It has started to rain.
→ It has started raining. 開始下雨了。

Mari likes to swim.
→ Mari likes swimming. 瑪麗喜歡游泳。

Mari loves to talk.
→ Mari loves talking. 瑪麗喜歡講話。

1. 動名詞的用法
■當作主詞 **Swimming is very interesting.**（游泳非常有趣。）
■當作補語 **His hobby is drawing pictures.**（他的興趣是畫畫。）
■當作受詞 **Did you finish doing your homework?**（你作業做完了嗎？）
■當作介系詞的受詞 **Ori is not good at dancing.**（奧利不太會跳舞。）

2. 動名詞的時態
■單純動名詞（動詞原形＋ ~ing）：表示一致的時態或之後的時態。
She is proud of being an artist.（她以身為藝術家而感到自豪。）
■完成動名詞（having ＋過去分詞）：（表示比謂語動詞更早的時態。）
Ori is proud of having done that.（奧利以做了那件事為豪。）

3. 動名詞的慣用法
■ **it is no use ~ing**（～也沒有用）
It is no use crying over spilt milk.（為了已打翻的牛奶哭也沒有用。）
■ **feel like ~ing**（想要～）
I feel like going on a diet.（我想減重。）
■ **cannot help ~ing**（無法不～／禁不住～）
I could not help wanting to go on a trip.（我禁不住想去旅行。）
■ **be busy ~ing**（忙於～）
Ori is busy playing computer games.（奧利忙著玩電腦遊戲。）
■ **There is no ~ing**（不能～）
There is no going to the movies.（不能去看電影。）

4. 動名詞和不定詞的比較
■只能以不定詞形式當作受詞的動詞（**want, wish, hope, decide** 等）
Mari wants to be a pilot.（瑪麗想當飛行員。）
I wish to go abroad.（我想去國外。）
I hope to see you again.（我希望再見到你。）
■只能以動名詞形式當作受詞的動詞（**enjoy, finish, mind, stop** 等）
Ori enjoys watching TV.（奧利喜歡看電視。）
Have you finished writing a letter?（你寫完信了嗎？）
My uncle stopped smoking.（我叔叔戒了菸。）
■動名詞和不定詞形式皆可以當作受詞的動詞（**begin, start, like, love** 等）
Ori began to run. = Ori began running.（奧利開始跑了。）
It has started to rain. = It has started raining.（開始下雨了。）

A

將下列英文句子翻譯成中文。

1. Learning Chinese is difficult.
   _____

2. Ori enjoyed swimming in the river.
   _____

3. Would you mind opening the window?
   _____

4. Her hobby is collecting stamps.
   _____

5. He is proud of being an artist.
   _____

6. I'm sure of having been honest.
   _____

7. My father stopped to smoke.
   _____

B

請依照句意填入適當的詞。

1. 我禁不住想去旅行。

   I could not _____ wanting to go on a trip.

2. 明天我們去郊遊，如何？

   How about _____ on a picnic tomorrow?

3. 她忙著玩電腦遊戲。

   She is busy _____ computer games.

4. 奧利和爸爸一起去釣魚了。

   Ori went _____ with his father.

5. 為了已打翻的牛奶哭也沒有用。

   It is no _____ crying over spilt milk.

C

請選出語法錯誤的句子。

1. ① Ori wants to be a cook.
   ② I wish going abroad.
   ③ Mari stopped talking.
   ④ I hope to see you again.

2. ① Have you finished writing a letter?
   ② My uncle stopped to smoke.
   ③ Ori enjoys to watch TV.
   ④ Mari loves talking.

3. ① She has decided being a dentist.
   ② It has started to rain.
   ③ It has started raining.
   ④ He began running.

4. ① How about go to the library?
   ② I cannot help studying English.
   ③ I feel like going fishing.
   ④ She is busy washing the dishes.

D

請從下列括弧中選出正確的選項。

1. He's given up (to smoke, smoking, to smoking).

2. Would you mind (to open, opening, to opening) the window?

3. Thank you for (call, to call, calling) me.

4. I feel like (to go, going, to going) out for lunch.

5. Is she interested in (work, to work, working) for us?

6. Did Mari go (to ski, skiing, to skiing) with her friends?

7. Mari enjoys (to go, going, to going) shopping.

[正解]
1. 學中文很難。2. 奧利喜歡在河裡游泳。3. 你介意開窗戶嗎？4. 她的嗜好是收集郵票。
   5. 他以身為藝術家而感到自豪。6. 我確信我那時很誠實。7. 我爸爸停下來抽菸。
B 1.help 2.going 3.playing 4.fishing 5.use
C 1. ② 2. ③ 3. ① 4. ①
D 1.smoking 2.opening 3.calling 4.going 5.working 6.skiing 7.going

關係詞
RELATIVE

「我認識這個女孩。」
「這個女孩很美麗！」

這兩句的內容不但有共通點，也互相有關聯。
第一句和第二句的「這個女孩」，皆是同一個人。
我們把這兩句合併成一句話吧！
合併後的句子為「我認識這個美麗的女孩」。

如上述，將有共通之處的兩句話，合併為一句話的詞，
我們稱之為〈關係詞〉。

英文的〈關係詞〉有「關係代名詞」和「關係副詞」兩種。
〈關係代名詞〉在句子中，有「連接詞」和「代名詞」的作用，
〈關係副詞〉在句子中，有「連接詞」和「副詞」的作用。

瑪麗常誇口自己很會滑雪。

我也要表演我的精彩絕技！

我要在眾人面前展現我的高超滑雪技術！哈哈哈！

媽媽，我先去滑雪哦！

奧利，要注意安全喔！

知道了媽媽！

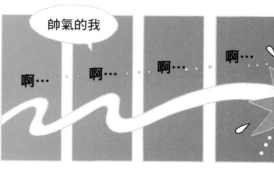

真的蠻有難度的耶！

啊咧咧…

咻一

瑪麗妳也來滑雪場啦！

瑪麗！

沒想到我們會在滑雪場相遇！

就是不想看到你，才來這裡滑雪的，你跟蹤我嗎？

沙沙沙—

你說我跟蹤妳？

什麼？

幹嘛生氣啊？

不理你了！

咻一

喂！

可惡！竟然故意氣我！

奧利！

你認識那個女孩？

是我的朋友！

她好會滑雪哦！

瑪麗是我們學校滑雪社團裡的高手！真的很會滑雪！

對了！

怎麼了？

媽，妳剛才的那兩句話都是在說同一個人嘛！

所以你是説可以把兩句結合成一句，對吧？

嗯！

Do you know the girl?
你認識那個女孩嗎？

She is snowboarding merrily.
她正在愉快地滑雪。

Do you know the girl who is snowboarding merrily?

（先行詞） （＝ she）你認識那位正在愉快地滑雪的女孩嗎？

只是多了這一個單字而已嘛！

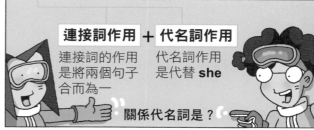
連接詞作用 ＋ **代名詞作用**

連接詞的作用是將兩個句子合而為一

代名詞作用是代替 **she**

關係代名詞是？

who 之後的句子成了修飾先行詞 **the girl** 的形容詞子句。

什麼是先行詞？

先行詞

關係代名詞前面的名詞或代名詞。

212

是關係代名詞

那麼，這裡的 **who** 又是什麼呢？

因為關係代名詞擁有連接兩個句子的連接詞，也有代名詞的功能，所以才稱為關係代名詞。

懂了！

最近，奧利開始積極學英文了呢！

那是因為把英文的概念弄懂後，發現學英文…

概念

非常有趣！

那我們再繼續練習吧！

看好了！肚子餓了，先吃魚板吧！

Ori is the boy.
（the boy = he）　　　　奧利是那個男孩。

He can speak English.
他會說英文。

who 之後的句子是修飾先行詞 **the boy** 的關係代名詞子句（形容詞子句）。

（= he）

Ori is the boy who can speak English.
（先行詞）　　奧利是那位會說英文的男孩。

擁有代名詞功能，能代替 **he**；也有連接詞功能，能連接兩個句子。

1. 關係代名詞的種類

媽,可是關係代名詞只有 **who** 嗎?

who

怎麼可能,這裡有好幾個。

哇!

媽,我喜歡的東西,妳都知道得一清二楚啊!

看好了哦!

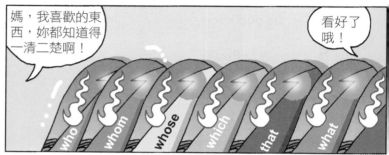

who　whom　whose　which　that　what

那些關係代名詞要怎麼使用呢?

好吃!

這要看前面的先行詞種類,來做區分使用。

嘖嘖…

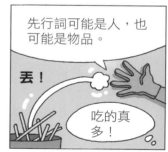

先行詞可能是人,也可能是物品。

丟!

吃的真多!

依據關係代名詞子句中的主詞、受詞、所有格形容詞的不同,做不同「格」變化。

奧利的理解力真的很強呢!

■關係代名詞的格變化

先行詞	主格	所有格	受格
人	who	whose	whom
動物、事物	which	whose (of which)	which
人、動物、事物	that		that
事物	what		what

who
－先行詞為人時
－在關係代名詞子句中，為主語時

Do you know the girl? 你認識那個女孩嗎？

She is playing the piano. 她在彈鋼琴。

先行詞為人（**the girl**），在關係代名詞子句中，當作主詞。

修飾先行詞 **the girl**

（＝ **she**）

➡ **Do you know the girl who is playing the piano?**
（先行詞）　你認識那個正在彈鋼琴的女孩嗎？

替代 **she**，在關係代名詞子句中當主詞。

I know the girl. 我認識那個女孩。

She lives in Japan. 她住在日本。

先行詞為人（**the girl**），在關係代名詞子句中，當作主詞。

修飾先行詞 **the girl**

（＝ **she**）

➡ **I know the girl who lives in Japan.**
（先行詞）　　我認識那個住在日本的女孩。

替代 **she**，在關係代名詞子句中，當主詞。

whom　－先行詞為人時
　　　　　－在關係代名詞子句中當受詞
　　　　　－限定用法時，可以省略

Hera is the girl. 希拉是那個女孩。

I met her **this morning.** 我今天早上見到她。

這兩句的共通點是 **the girl = her**。
因此，關係代名詞在子句中，要使用受格 **whom**。

　　　　　　　　　　（ = her）　　　　　　　修飾先行詞 **the girl**
➜ **Hera is the girl** whom **I met this morning.**
　　　　（先行詞）　　　　　　希拉是我今天早上見到的女孩。

　　　　　　　　　　　　在關係代名詞子句中為受詞。

如上所述，應該使用受格 **whom** 才正確，
但實際上，主格 **who** 更常被使用。
此外，當關係代名詞為受詞時，該關係代名詞通常可省略。

Do you know the man? 你認識那個人嗎？

Nari is talking to him. 娜利正在跟他講話。

　　　　　　修飾先行詞 **the man**

　　　　　　　　　　（ = him）
➜ **Do you know the man** (whom) **Nari is talking to?**
　　　（先行詞）你認識正在和娜利講話的人嗎？

216

whose
－先行詞可以是人、事物、動物
－在關係代名詞子句中為所有格時

I have a friend. 我有一個朋友。

Her name is Mari. 她的名字是瑪麗。

這裡的共通點為 **a friend = her**，因此，應該使用所有格 **whose**。

修飾先行詞 **a friend**

（= her）

➡ I have a friend whose name is Mari.
（先行詞）　　　　　我有一個名叫瑪麗的朋友。

在關係代名詞子句中是所有格。

I met a man. 我遇見了一位男性。

His wife is an English teacher. 他的妻子是英文老師。

共通點為 **a man = his**，因此，應該使用所有格 **whose**。

修飾先行詞 **a man**

（= his）

➡ I met a man whose wife is an English teacher.
（先行詞）　　　　　我遇見一位妻子是英文老師的男性。

在關係代名詞子句中，當作所有格。

which — 先行詞是事物、動物
— 在關係代名詞子句中，可以是主詞、受詞
— 當受詞時可以省略

That is the book. 就是那本書。

It is very interesting. 它很有趣。

這裡的共通點為 **the book = it**，先行詞為事物
在關係代名詞子句中當作主詞，因此要使用 **which**。

（= it ）　　　　　　　　修飾先行詞 **the book**

➡ **That is the book** which **is very interesting.**
　　（先行詞）　　　　　　那是很有趣的一本書。

在關係代名詞子句中當作主詞

This is the car. 就是那台車。

I bought it **yesterday.** 我昨天買了它。

這裡的共通點為 **the car = it**，先行詞為事物
在關係代名詞子句中當作受詞，因此要使用 **which**。

（= it ）　　　　　　　　修飾先行詞 **the car**

➡ **This is the car** which **I bought yesterday.**
　　（先行詞）　　　　　　這是我昨天買的車。

在關係代名詞子句中當作受詞（可省略）

➡ **This is the car** 省略 **I bought yesterday.**

that
- 先行詞是人、事物、動物
- 在關係代名詞子句中，可以當主詞或受詞
- 當受詞時可以省略

I like the dog. 我喜歡那隻狗。

Ori gave it to me. 奧利把牠給我了。

the dog = it，先行詞為動物，在關係代名詞子句中當作受詞，所以使用 **that**。

         （= it）   修飾先行詞 the dog
➡ I like the dog (that) Ori gave to me.
  （先行詞）   我喜歡奧利給我的那隻狗。

      由於是受詞，可以省略
➡ I like the dog   省略   Ori gave to me.

This is the house. 就是那間房子。

He lived in it once. 他以前住在這裡。

              修飾先行詞 the house
➡ This is the house that he once lived in.
           這裡是他以前住過的房子。

➡ This is the house which he once lived in. (○)
➡ This is the house in which he once lived. (○)
★如果介系詞出現在前方，即便關係代名詞為受詞，也不可以省略。
➡ This is the house   省略   he once lived in. (○)
➡ This is the house in that he once lived. (×)
★若為介系詞的受詞需用 **which**，不可用 **that**。

在特殊情況中，
使用的 **that**

－先行詞是人＋事物、人＋動物時
－先行詞使用形容詞最高級時
－先行詞出現 all, every, any, the same, the only, the very 等時

Look at the girl and her dog that are skiing.

■人＋動物　看那個正在滑雪的女孩和她的狗。

She is the tallest girl that I have ever seen.

■最高級　她是我看過個子最高的女孩。

■先行詞出現 all, every, any, the same, the only, the very 等時

All that glitters is not gold.
會閃閃發光的並非都是黃金。
Every student that I know likes skiing.
所有我認識的學生都喜歡滑雪。
This is the same snowsuit that I lost.
這個正是我弄丟的那件滑雪服。
These are the same goggles as he has.
這個是跟他同一種款式的護目鏡。
★ **the same … that**…：與～同一個
★ **the same … as**…：與～同種類
She is the only girl that can win the game.
她是唯一可以贏得比賽的女孩。
She is the very girl that I want to see.
她正是我想見的那個女孩。

◆ **glitter** (v) 閃閃發光 / **snowsuit** (n) 滑雪服 / **goggles** (n) 護目鏡

what

─ 沒有先行詞（先行詞已包括在內）
─ 可以用 **what** 表示 **that which~, all that~, anything that~, the thing which~** 等。
─ 已包含先行詞，因此當作名詞子句。

I understand the thing which she said.（形容詞子句）
➡ **I understand what she said.**（名詞子句 ➡ 當受詞）
我理解她所說的。
Choose what you please.（名詞子句 ➡ 當受詞）
選你想要的吧！
This is what she said.（名詞子句 ➡ 當補語）
這就是她所說的。

2. 關係代名詞的兩種用法

哇！

竟可以展現如此高難度的技巧…

哇！

伯母好，我是奧利的朋友瑪麗。

點頭！

很高興見到妳，本人比照片漂亮呢！

大家都這麼說啦！

嘿嘿…

肚子餓了，有沒有什麼東西可以吃？

我的天！

熱騰騰的魚板給妳吃！

看起來好好吃。

好好吃！

在未來的婆婆面前，吃東西應該要淑女一點吧！看起來好像餓了好幾天一樣！

嘻嘻

婆婆？

噎到了！

咳…

哎呀，死定了！先跑再說！

咻—

你給我站住！被我抓到就死定了！

喂～

來抓我啊！

砰！

什麼？撞到兩個大雪人了！

反正，我們遲早都要認識，我先自我介紹吧！

限定用法

你是限定用法？你是兩種關係代名詞用法中的其中一個？

沒錯！

非限定用法

很痛吧？我是非限定用法，很高興見到你。

限定用法
用來限定關係代名詞前面所出現的先行詞。
可讓被修飾的先行詞更加清楚。

①　④　③　　②　　　　　限定（成為滑雪選手的兩個朋友）

We had two friends who became skiers.

我們 有　　兩個朋友　　　　　　　我們有兩個成為滑雪選手的朋友。

　　　　　　　　　限定（住在隔壁的淑女）

I like the lady who lives next door.

我喜歡　淑女　　　　　　　　　我喜歡住在隔壁的淑女。

　　　　　　　　　限定（有著綠色眼睛的洋娃娃）

She made a doll which had green eyes.

她　製作了 洋娃娃　　　　　　　她製作了一個有著綠色眼睛的洋娃娃。

非限定用法
非限定用法的關係代名詞前方，需加上逗號（,）。
可以依照句意，改成「連接詞＋代名詞」的形式。

We had two friends, who became skiers.

我們有兩個朋友，他們成了滑雪選手。

We had two friends, and they became skiers.

Sora said she was ill, which was a lie.

素拉說自己病了，但那是謊言。

Sora said she was ill, but it was a lie.

1. 關係代名詞

- ●引導形容詞子句
- ●當受詞時可以省略

Do you know the girl?（你認識那個女孩嗎？）

She is snowboarding merrily.（她正在愉快地滑雪。）

→ Do you know the girl who is snowboarding merrily?
（你認識那位正在愉快地滑雪的女孩嗎？）

who 擁有連接兩個句子的連接詞功能，也有代替 **she** 的代名詞的功能。
who 之後的句子成了修飾（先行詞）**the girl** 的形容詞子句。

2. 關係代名詞的種類

■ who

- ●先行詞為人時 ●在關係代名詞子句中為主語

Do you know the girl who is playing the piano?
（你認識那個正在彈鋼琴的女孩嗎？）

■ whom

- ●先行詞為人時 ●在關係代名詞子句中為受詞
- ●當受詞時可以省略

Hera is the girl whom I met this morning.
（希拉是我今天早上見到的女孩。）

■ whose

- ●先行詞可以是人、事物、動物 ●在關係代名詞子句中為所有格

I have a friend whose name is Mari.（我有一個名叫瑪麗的朋友。）

■ which

- ●先行詞是事物、動物
- ●在關係代名詞子句中，可以是主詞或受詞 ●當受詞時可以省略

That is the book which is very interesting.（那是很有趣的一本書。）

■ that

- ●先行詞是人、事物、動物
- ●在關係代名詞子句中，可以是主詞或受詞
- ●當受詞時可以省略

I like the dog (that) Ori gave to me.（我喜歡奧利給我的那隻狗。）

■ **that** 的特殊用法
   ● 先行詞是人＋事物、人＋動物時 ● 形容詞最高級修飾先行詞
   ● 先行詞出現 **all, every, any, the same, the only, the very** 等時
   Look at the girl and her dog that are skiing.（人＋動物）
   （看那個正在滑雪的女孩和她的狗。）
   She is the tallest girl that I have ever seen.（最高級）
   （她是我看過個子最高的女孩。）
   This is the same snowsuit that I lost.
   （這個正是我弄丟的那件滑雪服。）

■ **what**
   ● 沒有先行詞（先行詞已包括在內）
   用 **what** 表示 **the thing which** 或 **anything that**。
   ● 已包含先行詞，因此當作名詞子句。
   I understand the thing which she said.（形容詞子句）
   I understand what she said.（名詞子句 ➡ 當受詞）
   （我理解她所說的。）
   This is what she said.（名詞子句 ➡ 當補語）
   （這就是她所說的。）

3. 關係代名詞的兩種用法
■ 限定用法
   ● 先行詞為什麼樣的人或物，用以指定先行詞。
   We had two friends who became skiers.
   （我們有兩個成為滑雪選手的朋友。）
   She made a doll which had green eyes.
   （她製作了一個有著綠色眼睛的洋娃娃。）

■ 非限定用法
   ● 對先行詞做附加補充說明的非限定用法
   ● 非限定用法的關係代名詞前方，需加上逗號（,）。
   ● 可以依照句意，改成「連接詞＋代名詞」的形式。
   We had two friends, who became skiers.
   （我們有兩個朋友，他們成了滑雪選手。）
   ➡ **We had two friends, and they became skiers.**
   Sora said she was ill, which was a lie.
   （素拉說自己病了，但那是謊言。）
   ➡ **Sora said she was ill, but it was a lie.**

關 係 副 詞

接招！

咻一

啪！

雪球好吃嗎？

怒火中燒…

一個男子漢輸一個弱女子也不至於如此生氣吧…

你這樣算什麼男子漢啊？真沒用！

3 2 1

爆發　　爆發

我絕不會手下留情！

嘩嘩一

嘻嘻嘻！先擾亂敵方的情緒作戰成功！

還跑？妳跑不掉的！

站住！

唰唰一

來抓我啊～

226

啊…

上當了…

奧利，你中計了！覺悟吧！

嘿嘿嘿—

救救我吧！

投降～

妳怎麼知道這裡的地形結構啊？

因為我奶奶就住在附近，你不知道吧？

原來如此

要不要去我奶奶家坐坐？

好啊！

風景真美！

瑪麗，還沒到嗎？

That is the house.
就是那間房子。
My grandmom lives in the house.
我奶奶就住在那間房子。

到了！

就在那裡！

哇～好像童話裡的房子哦！太美了！

瑪麗，這兩句也有共通的部分，對吧？

the house 和 in the house 指的是同一間房子

in the house 在那間房子裡是表示場所的副詞片語。

That is the house where my grandmom lives.

（先行詞）　　　　（＝ in the house）　　那裡就是我外婆住的房子。

我們把這兩句話連接起來吧！

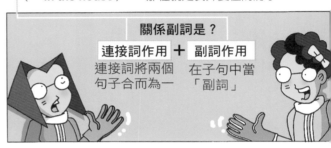

關係副詞是？

連接詞作用 ＋ 副詞作用

連接詞將兩個句子合而為一　　在子句中當「副詞」

跟關係代名詞的功能幾乎一樣呢！

關係代名詞行使代名詞的功能，關係副詞行使副詞的功能。

那麼，關係副詞的種類也有很多種囉？

where

場所 where
時間 when
理由 why
方法 how

關係副詞有上述四種

■關係副詞的種類

用途	先行詞	關係副詞	介系詞＋ which
場所	the place	where	in (at) which
時間	the time	when	on (at) which
理由	the reason	why	for which
方法	the way	how	in which

1. 關係副詞的種類

向我奶奶問好吧！

奶奶！

是我的孫女來啦！是不是想奶奶啦？

唉呀…

瑪麗跟您行禮，奶奶！

磕頭…

奶奶正好烤了地瓜呢！快吃吧！

哇～

好燙！燙到上顎了！

太好吃了～

美味…

瑪麗，關係副詞的種類有四種！

是啊…

那麼，也跟關係代名詞一樣，放在先行詞的後面囉！

先行詞 ＋ 關係副詞

點頭點頭

我們再看一遍吧！
場所 where
時間 when
理由 why
方法 how

關係副詞

可用「介系詞＋關係代名詞」來替換。

關係副詞 ＝ 介系詞＋關係代名詞

where
─先行詞表示場所時

We went to the place. 我們去了那個地方。
We were able to camp there.
我們能夠在那裡露營。

（= there）

➡ **We went to the place** where **we were able to camp.**
（表示場所的先行詞）　　我們去了可以露營的地方。

This is the town. 這裡是城鎮。
Mari was born in it. 瑪麗在這裡出生。

（= in it）

➡ **This is the town** where **Mari was born.**
（表示場所的先行詞）　　這裡是瑪麗出生的城鎮。

when
─先行詞表示時間時

I don't know the time. 我不知道那個時間。
We met at that time. 我們那時見了面。

（= at that time）

➡ **I don't know the time** when **we met.**
（表示時間的先行詞）　　我不知道我們先前見面的時間。

1939 was the year. 一九三九年就是那一年。
World War II broke out then. 第二次世界大戰在那時爆發。

（= then）

➡ **1939 was the year** when **World War II broke out.**
（表示時間的先行詞）　　一九三九年是第二次世界大戰爆發的那一年。

why
一先行詞表示理由時

That is the reason. 那就是理由。
She was late for the reason.
她因為這個理由遲到了。

➡ **That is the reason** why **she was late.**
（表示理由的先行詞）　　那就是她遲到的理由。

I know the reason. 我知道那個理由。
She went to Paris for the reason. 她因為這個理由去了巴黎。

➡ **I know the reason** why **she went to Paris.**
我知道她去巴黎的理由。

how
一先行詞表示方法時

This is the way. 這就是方法。
She learned Japanese in the way.
她用這個方法學日語。

➡ **This is** how / the way **she learned Japanese.**
這就是她學日語的方法。

★關係副詞 **how** 不會跟 **the way** 一同使用，**the way** 和 **how** 只能選一個使用。

She asked me the way. 她問了我方法。
I had solved the problem in the way. 我用那個方法解決了問題。
➡ **She asked me** how / the way **I had solved the problem.**
她問了我解決問題的方法。

　She asked me the way **I had solved the problem.**（形容詞子句）
　She asked me how **I had solved the problem.**（名詞子句）

★先行詞不動，**the way** 後面的句子為形容詞子句。
　關係副詞不動，先行詞如被省略掉，**how** 的子句是名詞子句。

2. 關係副詞的用法

I remember the day. 我記得那一天。

Sora left Seoul on the day.
素拉那一天離開了首爾。

➡ **I remember the day when Sora left Seoul.**
我記得素拉離開首爾的那一天。

Do you know the reason? 你知道理由嗎？
She didn't come for the reason. 她因為這個理由沒有來。
➡ **Do you know the reason why she didn't come?**
你知道她沒有來的理由嗎？

I went to Tokyo. 我去了東京。

I met a pretty girl there.
我遇見了一個漂亮的女孩。
➡ **I went to Tokyo, where I met a pretty girl.**
➡ **I went to Tokyo, and there I met a pretty girl.**
我去了東京，在那裡遇見了一個漂亮的女孩。

I went to Seoul yesterday. 我昨天去了首爾。
I met her then. 我那時遇見了她。
➡ **I went to Seoul yesterday when I met her.**
➡ **I went to Seoul yesterday, and I met her then.**
我昨天去了首爾，那時遇見了她。

1. 關係副詞的種類
- **where** －先行詞表示場所時
  This is the town.（這裡是城鎮。）
  Mari was born in it.（瑪麗在這裡出生。）
  → **This is the town where Mari was born.**
  （這裡是瑪麗出生的城鎮。）
- **when** －先行詞表示時間時
  I don't know the time when we met.
  （我不知道我們先前見面的時間。）
- **why** －先行詞表示理由時
  I know the reason why she went to Paris.
  （我知道她去巴黎的理由。）
- **how** －先行詞表示方法時
  This is how she learned Japanese.
  （這就是她學日語的方法。）
  ★關係副詞 **how** 不會跟 **the way** 一同使用。
  This is the way.（這就是方法。）
  She learned Japanese in the way.（她用這個方法學日語。）
  → **This is how / the way she learned Japanese.**（這就是她學日語的方法。）
  ★先行詞不動，the way 後面的句子為形容詞子句。
  　關係副詞不動，先行詞如被省略掉，how 的子句是名詞子句。

2. 關係副詞的用法
- 限定用法
  I remember the day.（我記得那一天。）
  Sora left Seoul on the day.（素拉那一天離開了首爾。）
  → **I remember the day when Sora left Seoul.**
  （我記得素拉離開首爾的那一天。）
- 非限定用法－非限定用法的關係副詞前方，需加上逗號（,）
  I went to Tokyo.（我去了東京。）
  I met a pretty girl there.（我遇見了一個漂亮的女孩。）
  → **I went to Tokyo, where I met a pretty girl.**
  → **I went to Tokyo, and there I met a pretty girl.**
  （我去了東京，在那裡遇見了一個漂亮的女孩。）

A

請使用關係詞，將兩句合併為一句。

1. Ori is the boy.　　　　He can speak Chinese.

_____

2. I have a friend.　　　　Her name is Sora.

_____

3. Bora is the girl.　　　　I met her this morning.

_____

4. This is the ruler.　　　　I bought it yesterday.

_____

5. I don't know the time.　　We met at that time.

_____

6. That is the reason.　　　I was late for the reason.

_____

7. We went to the place.　　We were able to camp there.

_____

8. This is the way.　　　　She learned French in the way.

_____

B

將下列英文句子翻譯成中文。

1. These are the same goggles that I lost.

_____

2. She is the very girl that I wanted to meet.

_____

3. She had two daughters who became reporters.

_____

4. This is the town where I was born.

_____

C

請從下列選項中，選出錯誤的句子。

1. ① This is the house that he once lived in.
   ② This is the house he once lived in.
   ③ This is the house in which he once lived.
   ④ This is the house in that he once lived.

2. ① That is the book which is very interesting.
   ② Every student who I know likes skiing.
   ③ She is the tallest girl that I have ever seen.
   ④ He is the only boy that can win the game.

3. ① I know the reason why Mari went to Paris.
   ② This is the way how she learned English.
   ③ I don't know the time when we met.
   ④ She bought a watch, which keeps good time.

D

請從下列括弧中，選出正確的詞。

1. The person who (was, were) sitting there made lots of noise.

2. The library (who, which, whose) is near my house is big.

3. Ori likes the girl (who, what, which) lives next to him.

4. I know the men (who, whose, which) are eating some pizza.

5. The books (who, which, whose) are on the sofa are hers.

6. Ori loves the girl (who, whose, which) hair is black.

7. Ori gave her (which, what, that) she needed.

[正解]
A 1.Ori is the boy who can speak Chinese.　2.I have a friend whose name is Sora.
3.Bora is the girl whom(who) I met this morning.　4.This is the ruler (which / that) I bought yesterday.　5.I don't know the time when we met.　6.That is the reason why I was late.
7.We went to the place where we were able to camp.　8.This is the way she learned French.(=This is how she learned French.)
B 1. 這正是我弄丟的那副護目鏡。2. 她正是我想見的那個女孩。3. 她有兩個當記者的女兒。
4. 這是我出生的城鎮。
C 1. ④ 2. ② 3. ②
D 1.was　2.which　3.who　4.who　5.which　6.whose　7.what

疑問詞
INTERROGATIVE

如果有人問「你喜歡瑪麗嗎？」
你會怎麼回答呢？
〈方式一〉
「是的，我很喜歡瑪麗。」
〈方式二〉
「不，我不喜歡瑪麗。」
通常，我們會有以上「是的」或「不是」的兩種回答方式。

但是，如果我們想知道更多細節，該怎麼問呢？
此時，我們自然會加上「誰」、「什麼時候」、「為什麼」等詞。
例如：「誰喜歡瑪麗？」
想做更詳細的詢問時，所使用的字詞，稱為〈疑問詞〉。
由「疑問詞」所提問的句子，一般不會用「是的」或「不是」來
回答。
另外，疑問句句尾語調下降。

1. 疑問代名詞

一樣都是問句…

這是什麼？

who
疑問詞

這是表示「誰」的疑問詞！因為 who（誰）和 which、what（什麼）都含有名詞性質，所以我們稱之為「疑問代名詞」。

呼～

使用疑問詞的問句，是不會用 yes 或 no 回答的！

叮！

有疑問詞的疑問句，句尾語調須下降！

咚！

Who is she?

單複數型相同

叮！

■疑問詞本身當作主詞時，單字的排列順序為

Who likes Mari? 誰喜歡瑪麗？　Ori likes Mari. 奧利喜歡瑪麗。

疑問詞（主詞）＋動詞～？

■疑問詞不作主詞，且句子中有 **be** 動詞時，單字的排列順序為

Who are you? 你是誰？　I'm Ori. 我是奧利。

疑問詞＋ be 動詞＋主詞～？

■疑問詞不作主詞，且句子中有助動詞時，單字的排列順序為

What do you like? 你喜歡什麼？　I like pizza. 我喜歡披薩。

疑問詞＋助動詞＋主詞＋動詞～？

■用在詢問人的名字或關係。
■作為主詞或（主詞）補語。

Who solved this problem?　Sora did.
　Ⓢ　Ⓥ　　Ⓞ　　是誰解決了這個問題？是素拉。

Who is she?　She is Mari.
　Ⓒ　Ⓥ　Ⓢ　她是誰？她是瑪麗。

■「**whose** ＋名詞」作為所有格，表示「誰的～」的意思。
■ **whose** 後面的名詞若省略，則作為所有格代名詞，表示「誰的東西」。

Whose book is this?　It's Ori's.
　誰的書　Ⓒ　Ⓥ　Ⓢ　這是誰的書？這是奧利的書。
（所有格）

Whose is this book?　It's Mari's.
　Ⓒ　Ⓥ　Ⓢ　這本書是誰的？這是瑪麗的。
　誰的東西
（所有格代名詞）

240

■用作 **who** 的受詞。
　（用作及物動詞的受詞或介系詞的受詞。）
■在口語中，經常用 **who** 代替 **whom**。

Whom did you see yesterday? 你昨天見了誰？

Whom is she waiting for? 她在等誰呢？

■主要用於對人或事物的提問。
■主格和受格的形態相同。

What happened yesterday? 昨天發生了什麼事？

What does your sister do?　　She is a nurse.
 　　　 你妹妹是做什麼的？她是護士。
　　　　　　　　　　　　　★經常用來詢問職業

■主要用於對人或事物的提問。
■主詞和受詞的形態相同。

Which do you like better, soccer or baseball?
足球和棒球，你比較喜歡哪一種？

★ **what** ＋名詞➡疑問形容詞　　**which** ＋名詞➡疑問形容詞
What sport do you like best?
➡ **Which sport do you like best?** 你最喜歡什麼運動？

2. 疑問副詞

242

■詢問他人理由，意為「為什麼」

Why were you late? 你為什麼遲到了？

為什麼（來晚了？）

Why did you go there? 你為什麼去了那裡？

為什麼（去了那裡？）

■詢問場所,意為「在哪裡」

Where does she live? 她住在哪裡?
　　　　⑤　↑Ⓥ　　　在哪裡（居住?）

Where is the bus stop? 公車站在哪裡?
　　↑Ⓥ　⑤　　　在哪裡（位於?）

■詢問時間,意為「什麼時候」

When did you meet her? 你是什麼時候見到她的?
　　　　⑤　↑Ⓥ　　　什麼時候（見的?）

When can you come? 你什麼時候可以來?
　　　⑤　↑Ⓥ　　　什麼時候（來?）

■詢問方法，意為「如何」、「怎麼樣」

How **did you come here?** 你是怎麼來到這裡的？

如何（來的？）

How **do you spell your name?** 你的名字要怎麼拼寫？

如何（拼寫的？）

★在 **how** 後方連接形容詞或副詞單字，表示「程度」。

How old **are you?** 你幾歲？

How tall **is your sister?** 你妹妹多高？

How much **is it?** 那個多少錢？

How many books **do you have?** 你有幾本書？

How often **do you meet her?** 你多久見她一次？

★**間接疑問句**
　指句子裡的疑問句。
　此時疑問句的語序為「疑問詞＋主詞＋動詞」。
　亦即名詞子句。

　　　　　　　　　　　　　　名詞子句
I don't know why she is late. 我不知道她為什麼遲到。
　為什麼（遲到）　　Ｓ　　Ⓥ
　　　　　　　　　　　　　　　名詞子句
I want to know where she lives. 我想知道她住在哪裡。
　在哪裡（居住）　　Ｓ　　Ⓥ

要點整理 ●●●●●● **疑問詞**

1. 疑問代名詞（疑問詞作代名詞的功用）
　不會用 **yes** 或 **no** 回答。
　疑問詞其單複數形相同。
　★疑問詞本身當作主詞時，其順序為「**疑問詞（主詞）＋動詞～？**」
　★疑問詞不作主詞，句中有 **be** 動詞，順序為「**疑問詞＋ be 動詞＋主詞～？**」
　★疑問詞不作主詞，句中有助動詞，順序為「**疑問詞＋助動詞＋主詞＋動詞～？**」

　■ **who** －使用在詢問人的名字或關係，作為主詞或（主詞）補語。
　　Who solved this problem? Sora did.（是誰解決了這個問題？是素拉。）
　　Who is she? She is Mari.（她是誰？她是瑪麗。）

■ **whose** －「**whose** ＋名詞」作為所有格，表示「誰的～」的意思。
Whose book is this? It's Ori's.
（這是誰的書？這是奧利的書。）
★ **whose** 在句子後面的名詞若省略，則作為所有格代名詞，表示「誰的東西」。
Whose is this book? It's Mari's.
（這本書是誰的？這是瑪麗的。）
■ **whom** －用作 **who** 的受詞（在口語中，經常用 **who** 代替 **whom**。）
Whom did you see yesterday?（你昨天見了誰？）
Whom is she waiting for?（她在等誰呢？）
■ **what** －主要用於對人或事物的提問（主格和受格的形態相同）
What happened yesterday?（昨天發生了什麼事？）
What does your sister do?（你妹妹是做什麼的？）
■ **which** －主要用於對人或事物的提問（主詞和受詞的形態相同）
Which person is taller, Ori or Mari?（奧利和瑪麗，哪一個人比較高？）
Which do you like better, soccer or baseball?
（足球和棒球，你比較喜歡哪一種？）
★ **what** ＋名詞➡疑問形容詞　　**which** ＋名詞➡疑問形容詞
What sport do you like best? = Which sport do you like best?
（你最喜歡什麼運動？）

2. **疑問副詞**（疑問詞作副詞的功用）
■ **why** －詢問他人理由，意為「為什麼」
Why were you late?（你為什麼遲到了？）
Why did you go there?（你為什麼去了那裡？）
■ **where** －詢問場所，意為「在哪裡」
Where does she live?（她住在哪裡？）
Where is the bus stop?（公車站在哪裡？）
■ **when** －詢問時間，意為「什麼時候」
When did you meet her?（你是什麼時候見到她的？）
When can you come?（你什麼時候可以來？）
■ **how** －詢問方法，意為「如何」、「怎麼樣」
How do you spell your name?（你的名字要怎麼拼寫？）
How did you come here?（你是怎麼來到這裡的？）
★間接疑問句（名詞子句）
指句子裡的疑問句。
此時疑問句的語序為「疑問詞＋主詞＋動詞」。
I don't know why she is late. ➡名詞子句（我不知道她為什麼遲到。）

寫英文句子時，會使用到各種符號，我們稱之為「標點法（Punctuation）」
像句號或逗號等的符號，稱為「標點符號」。

1. 句號（period .）

■使用在敘述句、祈使句的句尾。
I love you.（我愛你。）　　**Let's go.**（我們走吧。）
■使用在縮寫詞
Esq.（**Esquire**：先生）　　**a.m.**（**ante meridiem**：上午）
■使用在美元和美分之間
$ 100.50（100 美元 50 美分）

2. 逗號（comma ,）

■表示句子裡的段落。
I like spring, summer, and fall. 我喜歡春天、夏天和秋天。
Mom, where are you? 媽媽，妳在哪裡？
■用於四位數以上的數字
4,234,234

3. 分號（semicolon ;）　使用在對等子句之間的區隔。

The woman's neck is long ; her hair is longer.
那個女人的脖子很長，頭髮更長。

4. 冒號（colon :）表示「即」的意思。

These are the main imports : iron, copper, and wheat.
這些是主要進口產品：鐵、銅和小麥。

5. 連字號（hyphen -）主要用於複合詞

forget-me-not（勿忘我）　　**touch-me-not**（鳳仙花）

6. 破折號（dash —）使用在句子中需要暫時停止時

Go home–they are waiting for you.
回家吧——他們正在等你呢！

A 請選出符合句意的疑問詞。

1. A :＿＿＿is Ori so angry?

    B : Ori is angry because someone broke his digital camera.

    ① Why ② Who ③ What ④ How

2. A :＿＿＿ shoes are those?

    B : Those are Mari's.

    ① Why ② Who ③ Whom ④ Whose

3. A :＿＿＿ one is her car?

    B : The red one is hers.

    ① Who ② Which ③ What ④ Why

4. A :＿＿＿ are you talking to?

    B : I'm talking to Mari.

    ① Whom ② Why ③ Which ④ How

5. A :＿＿＿ did Mari go there?

    B : She went there last Monday.

    ① Who ② How ③ Which ④ When

6. A :＿＿＿ often does she go to the movies?

    B : Twice a week.

    ① Who ② How ③ What ④ When

7. A :＿＿＿ is this book?

    B : It's Ori's.

    ① Who ② What ③ Whose ④ When

B 請選出符合句意的詞。

1. Where ＿＿＿＿＿ Ori live?

    ① is ② are ③ do ④ does

2. How much ＿＿＿＿＿ this?

    ① is ② are ③ be ④ does

3. _____ you go there?

① How ② How did ③ Why are ④ Why were

4. _____ you like best ?

① Which does ② Which sport does

③ Which sport do ④ What sport does

5. _____ the bus stop?

① When did it ② When does it

③ Where is ④ How often

C

請選出語法錯誤的句子。

1. ① Where is the rest room?
② How many books does you have?
③ How do you spell your name?
④ When can you come?

2. ① How tall is your mother?
② I don't know why she is late.
③ Which person is taller, Ori or Mari?
④ I want to know where does she live.

3. ① Who likes her?
② What are you doing?
③ Whom is she waiting for?
④ Do you know what was he doing here?

[正解]
A 1. ① 2. ④ 3. ② 4. ① 5. ④ 6. ② 7. ③
B 1. ④ 2. ① 3. ② 4. ③ 5. ③
C 1. ② 2. ④ 3. ④

「想表達的話很多…」
「動詞啊！你不是可以變身成各種角色嘛？」
「是啊！我這次也會變身！」
「怎麼變？」
「在水裡游泳。」
「你是貓頭鷹耶！要怎麼在水裡游泳？」
「我可以！」
「那，你這次扮演的角色是什麼？」
「分詞！」
「分詞是什麼？」

〈分詞〉屬於一種
「動詞變化形」。

〈分詞〉有「現在分詞」和
「過去分詞」兩種。
「現在分詞」用在進行式、
或「主動」的形容詞。
「過去分詞」用在完成式、被動語態
或「被動」的形容詞。

另外，分詞可以讓「動詞」具有「形容詞」的功能。也可以利用
分詞構成較特殊的句型──「分詞構句」。

怎麼可能！

哇～

很驚訝吧？我可是變身天才－動詞！

嚇到我了！

動詞你這次又要變身成什麼呢？

嗯哼！這次要變成分詞！

分詞？

沒錯！分詞！

分詞又是什麼？

分詞就是在動詞原形後方，加上 **~ing** 或 **-(e)d**。

動詞原形 **+** ~ing / -(e)d

動詞原形後方接上 ~ing 會變成動名詞啊…

Swimming is very interesting. 游泳非常有趣。

S V

動名詞有名詞的功用。

I am watching TV.
我正在看電視。

身為分詞的我，可以當動詞的「進行式」。

1. 分詞的動詞性用法

現在分詞
—在動詞原形後方，接上 **~ing**。 —帶有**主動、進行**的意涵。

過去分詞
—動詞原形後，接上 **-(e)d** 或不規則動詞的過去分詞形。 —帶有**被動、完成**的意涵。

■進行式（現在分詞）正在～

I am watching TV. 我正在看電視。

　　am(are, is)+ ~ing（現在分詞）

She is washing the car. 她正在洗車。

　　am(are, is)+ ~ing（現在分詞）

■完成式（過去分詞）

I have lived here for two years. 我住在這裡兩年了。

　　have ＋過去分詞（現在完成）

She has read the book four times. 這本書她已經讀了四遍。

　　has ＋過去分詞（現在完成）

■被動句（過去分詞）

The dishes were broken by her. 那些盤子被她打破了。

　　was(were) ＋過去分詞（過去式）

The dog is called Miso (by us). 那隻狗（被我們）叫作米索。

　　am(are, is) ＋過去分詞（現在式）

2. 分詞的形容詞性用法

■現在分詞的意思為主動，過去分詞的意思為被動。

a singing bird
唱歌的鳥（主動）

a broken bottle
被打破的瓶子（被動）

限制用法

就是修飾名詞的用法！

很好！

一個字的分詞當形容詞用時，放在修飾的名詞之前。

多個字的分詞詞組，放在修飾的名詞後方。

分詞　名詞　分詞

■放在名詞前方

A rolling stone gathers no moss. 滾石不生苔。
rolling（分詞）＋ **stone**（名詞）—— 滾動的石頭（主動）

Look at that broken bottle. 你看那個被打破的瓶子。
broken（分詞）＋ **bottle**（名詞）—— 被打破的瓶子（被動）

◆ **moss** (n) 苔蘚 / **roll** (v) 滾動 / **break- broke- broken** (v) 打破

254

■放在名詞後方

The boy playing the violin is Ori. 在拉小提琴的男孩子是奧利。
boy（名詞）+ **playing**（分詞）

Bora is the girl loved by them. 寶拉是被他們喜愛的女孩。
girl（名詞）+ **loved**（分詞）

分詞還可以用作主詞補語

主詞補語

受詞補語

和受詞補語！

敘述用法

■用作主詞補語

She stood watching TV. 她站著看電視。

She sat surrounded by the painters. 她被那些畫家圍坐在中央。

■用作受詞補語

He saw her playing computer games.

= He saw that she was playing computer games.
他看到她正在玩電腦遊戲。

He heard his name called.

= He heard that his name was called.
他聽見有人叫他的名字。

◆ **stand- stood- stood** (v) 站立 / **sit- sat- sat** (v) 坐 / **surround** (v) 包圍

3. 分詞構句

好餓哦！

你知道分詞構句是什麼嗎？

當然知道！就是利用分詞，將某一個子句改成片語囉！

分詞構句	－利用分詞，將某一子句改成片語。 －若無連接詞連接，需利用分詞，將副詞子句，改成副詞片語。

■構成方法

When she saw the dog, she ran off. 看到狗，她就跑掉了。

- -

1. 拿掉副詞子句的連接詞。

➡ **(When) she saw the dog, she ran off.**

2. 若附屬子句的主詞和主要子句的主詞一致，則把該主詞拿掉。

➡ **(she) saw the dog, she ran off.**

3. 將附屬子句的動詞改成分詞形。

➡ **Seeing the dog, she ran off.**

- -

■分詞構句的各種含義

〔時間〕

After she finished her homework, she went skating.

作業都做完後，她去溜冰了。

➡ **(After she) Finishing her homework, she went skating.**

◆ **run off** 跑掉 / **finish** (v) 完成

〔原因〕

As she felt sick, she went to bed early.

因為生病，她很早就睡覺了。

➡ Feeling sick, **she went to bed early.**

〔條件〕

If you turn right, you will find the bank.

如果向右轉，你就會看到銀行。

➡ Turning right, **you will find the bank.**

〔讓步〕

Though he looks weak, he is very strong.

雖然看起來很虛弱，但他很強壯。

➡ Looking weak, **he is very strong.**

■被動分詞構句

副詞子句中，若為被動「**S + be V + p.p.**（過去分詞）」的型態，改成分詞構句時，僅保留 **p.p.**。

If we are united, we stand; if we are divided, we fall.

團結則存，分裂則亡。

➡ United, **we stand ; divided, we fall.**

■分詞構句的否定形

在分詞構句前方，放上 **not, never** 等。

As she did not know where to go, she went home.

不知道該去哪裡，她就回家了。

➡ Not knowing where to go, she went home.

◆ **though** (conj) 雖然 / **unite** (v) 使團結 / **divide** (v) 使分裂

1. 分詞的動詞性用法／會和 be 動詞或 have 動詞結合
   現在分詞 ~ing（主動、進行），過去分詞 -(e)d（被動、完成）
   ■**進行式**（現在分詞）**She is washing the car.**（她正在洗車。）
   ■**完成式**（過去分詞）**I have lived here for two years.**（我住在這裡兩年了。）
   ■**被動句**（過去分詞）**The dog is called Miso (by us).**（那隻狗（被我們）叫作米索。）

2. 分詞的形容詞性用法，有「限制用法」和「敘述用法」。現在分詞意思為主動；過去分詞意思為被動。
   ■**限制用法**／用來修飾名詞的用法
   〔放在名詞前方〕**A rolling stone gathers no moss.**（滾石不生苔。）
   〔放在名詞後方〕**The boy playing the violin is Ori.**（在拉小提琴的男孩子是奧利。）
   ■**敘述用法**／分詞可以用作主詞補語和受詞補語
   〔主詞補語〕**She stood watching TV.**（她站著看電視。）
   〔受詞補語〕**He saw her playing computer games.**（他看到她正在玩電腦遊戲。）

3. 分詞構句
   若無連接詞連接，需用分詞，將副詞子句改成副詞片語。
   When she saw the dog, she ran off. → Seeing the dog, she ran off.
   （看到狗，她就跑走了。）

   ■**分詞構句的各種含義**
   〔時間〕**After she finished her homework, she went skating.**
   → Finishing her homework, she went skating.
   〔原因〕**As she felt sick, she went to bed early.**
   → Feeling sick, she went to bed early.
   〔條件〕**If you turn right, you will find the bank.**
   → Turning right, you will find the bank.
   〔讓步〕**Though he looks weak, he is very strong.**
   → Looking weak, he is very strong.

   ■**被動分詞構句**／副詞子句中，若為被動「S + be V + p.p.（過去分詞）」的型態，改成分詞構句時，僅保留 **p.p.**。
   If we are united, we stand; if we are divided, we fall.（團結則存，分裂則亡。）
   → United, we stand ; divided, we fall.
   ■**分詞構句的否定形**／在分詞構句前方，放上 **not, never** 等。
   As she did not know where to go, she went home.（不知道該去哪裡，她就回家了。）
   → Not knowing where to go, she went home.

A

請依照句意，選出適當的選項。

1. 在拉小提琴的男孩子是奧利。

The boy_____the violin is Ori.

① playing
② is playing
③ is played
④ who is played

2. 寶拉是被我們喜愛的女孩。

Bora is the girl_____ by us.

① is loved
② is loving
③ whom is loving
④ loved

3. 滾石不生苔。

_____ gathers no moss.

① A rolled stone
② The rolled stones
③ A rolling stones
④ A rolling stone

4. 他看到她正在踢足球。

He saw_____ soccer.

① her playing
② she who is playing
③ her is played
④ her to playing

B

請將下列句子改成分詞構句。

1. If you turn left, you will find the building.

_____

2. As he felt sick, he went to bed early.

_____

3. After she finished her homework, she went shopping.

_____

4. Though he looks weak, he is very strong.

_____

5. As soon as she saw the dog, she ran away.

_____

6. As she did not know where to go, she went home.

_____

7. If we are united, we stand; if we are divided, we fall.

_____

8. Though she lives near his house, she has seldom seen him.

_____

C

請將下列分詞構句改寫成副詞子句。

1. Turning right, you will find the post office.

_____

2. Having worked for 10 years, he has a lot of experience.

_____

3. Studying hard, you will succeed.

_____

4. Being ill, she was absent from school yesterday.

_____

5. Not knowing what to say, she kept silent.

_____

[正解]
A 1. ① 2. ④ 3. ④ 4. ①
B 1.Turing left, you will find the building.   2.Feeling sick, he went to bed early.
　3.Finishing her homework, she went shopping.   4.Looking weak, he is very strong.
　5.Seeing the dog, she ran away.   6.Not knowing where to go, she went home.   7. United,
　we stand ; divided, we fall.   8.Living near his house, she has seldom seen him.
C 1.If you turn right, you will find the post office.   2.As he has worked for 10 years, he has
　a lot of experience.   3.If you study hard, you will succeed.   4. As she was ill, she was
　absent from school yesterday.   5.As she didn't know what to say, she kept silent.

比較級
COMPARATIVE DEGREE

「奧利，你覺得誰比較漂亮？」
「你是說誰跟誰比啊？」
「當然是瑪麗和寶拉比囉！」
「那自然是瑪麗比寶拉還漂亮啦！」
「而且，瑪麗的身高也比寶拉還高。」

雖然拿人來做比較不禮貌，但如果想比較兩樣人、物時，
中文通常會用「更」、「還」、「比」等字，來表達彼此的差異。

不過，英文跟中文不同，英文會依據要比較的不同內容，比較的
方法有三種。
兩者之間做比較時，有表示「和～一樣」的〈原級〉；
也有表示「比～還～」的〈比較級〉；
三者以上做比較時，有表示「在～中最～」的〈最高級〉。

1. 比較級的使用法

Rafting is much better than paragliding.
泛舟比滑翔傘更好。

■規則變化

1) 在原級形容詞或副詞後方接上 -er（比較級），-est（最高級）

long → longer → longest （長的）
dark → darker → darkest （暗的）

2) 單音節且以「短母音＋子音」結尾的形容詞或副詞，重複字尾的子音後，再接 -er, -est

big → bigger → biggest（大的）
hot → hotter → hottest （熱的）

3) 以「子音＋ y」結尾的形容詞或副詞，將 y 改寫成 i 後，再接 -er, -est

early → earlier → earliest （早的）
pretty → prettier → prettiest（漂亮的）

4) 大部分的雙音節或多音節形容詞或副詞，會在原級前方，接上 more, most。

famous → more famous → most famous （出名的）
beautiful → more beautiful → most beautiful（漂亮的）

■不規則變化

good（好的）, well（健康的）→ better → best
bad（壞的）, ill（生病的）→ worse → worst
many（許多的）, much（大量的）→ more → most
little （少的）→ less → least

old → older → oldest（老的、舊的）
    → elder → eldest（年長的）
late → later → latest（時間──遲的）
    → latter → last（順序──後面的）
far → farther → farthest（距離──遠的）
    → further → furthest（程度──
                進一步的）

She is three years older than I.
她比我大三歲。
She is my elder sister.
她是我的大姊。
the latest news 最新的新聞
the last news 最後一則新聞

2. 比較級的句子

You are as brave as I.
你跟我一樣勇敢。

It is getting darker and darker.
天漸漸變黑了。

Rafting is the most interesting of all X-sports.
泛舟是所有極限運動中最好玩的。

Bora is as beautiful as Mari.
寶拉跟瑪麗一樣漂亮。

■原級

1) as ＋原級＋ as 同等比較

Bora is as tall as Mari. 寶拉和瑪麗一樣高。
Bora is as beautiful as Mari. 寶拉和瑪麗一樣漂亮。

2) not as ＋原級＋ as 劣等比較

Sora is not as intelligent as Bora. 素拉沒有寶拉那麼聰明。
Sora is not as kind as Bora. 素拉沒有寶拉那麼仁慈。

3) as ＋原級＋ as possible ＝ as ＋原級＋ as ＋主詞＋ can 盡可能地、盡量～

She ran as fast as possible. ＝ She ran as fast as she could.
她盡可能地跑得快一些。

◆ **tall** (a) 高的 / **intelligent** (a) 聰明的 / **kind** (a) 仁慈的

Rice is better than bread.
飯比麵包好。

■比較級

1) A⋯比較級＋ than B　A比B更～（優等比較）

Paragliding is more interesting than rock-climbing.
滑翔傘運動比攀岩運動更有趣。

2) 強調比較級　表示「更」的意思（在比較級前，加上 much, a lot, still, even, far 等）

Rafting is much better than paragliding.
泛舟比滑翔傘更好玩。

3) A⋯less ＋原級＋ than B　A不如B～（劣等比較）

Paragliding is less interesting than rafting.
滑翔傘不如泛舟好玩。

4) get (grow, become, be) ＋比較級 and 比較級　漸漸變得～／愈來愈～

It is getting darker and darker. 天漸漸變黑了。

5) the ＋比較級～，the ＋比較級⋯　愈～就愈～

The higher we climb, the colder it gets.
我們爬得愈高，天氣就愈冷。

New York is the largest city in the USA.
紐約是美國最大的都市。

■**最高級**　　用於三者以上的比較，表示「最～的」。

1) the + 最高級 (+ 名詞) + in + 單數名詞，the + 最高級 (+ 名詞) + of + 複數名詞

Seoul is the largest city in Korea. 首爾是韓國最大的都市。
Rafting is the most interesting of all X-sports.
泛舟是所有極限運動中最有趣的。

2) 沒有 the 的最高級

▶副詞的最高級

She studies hardest of them. 她是他們之中最認真念書的。

▶最高級和所有格一起使用時

She is my best friend. 她是我最好的朋友。

▶表示同一人、同一物的性質時

This river is deepest at this point. 這條河的這個位置最深。

3. 比較級與最高級的慣用語

■ **not …any longer = no longer, not … anymore = no more** →再也無法～

I cannot walk anymore.

　➡ **I can walk no more.** 我再也走不動了。

■ **no more than = only** →僅僅、只（指「少」的意思）

She has no more than 5,000 dollars.

　➡ **She has only 5,000 dollars.**

她只有五千元。

■ **no less than = as mush as** →不少於～、有～那麼多（指「多」的意思）

She has no less than 5,000 dollars.

　➡ **She has as much as 5,000 dollars.**

她的錢不少於五千元。

■ **not more than = at most** →至多、最多，**not less than = at least** →至少

Mari will give Ori not more than 5,000 dollars.
➡ **Mari will give Ori 5,000 dollars at most.**
瑪麗最多會給奧利五千元。

Sora paid not less than 5,000 dollars.
➡ **Sora paid at least 5,000 dollars.**
素拉至少付了五千元。

可以用原級、比較級、最高級來表達相同的句意：

Mt. Baekdu is the highest mountain in Korea.
長白山是韓國最高的山。
➡ **No (other) mountain in Korea is so high as Mt. Baekdu.**
  （否定主詞＋ **so** ＋原級＋ **as** ～）
➡ **No (other) mountain in Korea is higher than Mt. Baekdu.**
  （否定主詞＋比較級＋ **than** ～）
➡ **Mt. Baekdu is higher than any other mountain in Korea.**
  （主詞＋比較級＋ **than any other** ＋單數名詞）
➡ **Mt. Baekdu is the highest of all the mountains in Korea.**
  （主詞＋最高級＋ **of all (the)** ＋複數名詞）

要點整理 ● ● ● ● ● ●

1. 比較級的句子
  ■**原級**（形容詞、副詞的原形）
    1) **as** ＋原級＋ **as**（同等比較）
    Bora is as tall as Mari.（寶拉和瑪麗一樣高。）
    2) **not as** ＋原級＋ **as**（劣等比較）
    Sora is not as kind as Bora.（素拉沒有寶拉那麼仁慈。）
    3) **as** ＋原級＋ **as possible** ➡ **as** ＋原級＋ **as** ＋主詞＋ **can**（盡可能地、盡量～）
    She ran as fast as possible. ➡ **She ran as fast as she could.**
    （她盡可能地跑得快一些。）

■比較級（在原級後方接上 **-er**）

1) **A**…比較級＋ **than B** ➡ A比B更～（優等比較）

Paragliding is more interesting than rock-climbing.

（滑翔傘運動比攀岩運動更有趣。）

2) 強調比較級

表示「更」的意思➡在比較級前，加上 **much, a lot, still, even, far** 等

Rafting is much better than paragliding.（泛舟比滑翔傘更好玩。）

3) **A**…**less** ＋原級＋ **than B** ➡ A不如B～（劣等比較）

Paragliding is less interesting than rafting.（滑翔傘不如泛舟好玩。）

4) **get (grow, become, be)** ＋比較級 **and** 比較級➡漸漸變得～／愈來愈～

It is getting darker and darker.（天漸漸變黑了。）

5) **the** ＋比較級～，**the** ＋比較級～➡愈～就愈～

The higher we climb, the colder it gets.（我們爬得愈高，天氣就愈冷。）

■最高級（在原級後方接上 **-est**）

1) **the** ＋最高級（＋名詞）＋ **in** ＋單數名詞，**the** ＋最高級（＋名詞）＋ **of** ＋複數名詞

Seoul is the largest city in Korea.（首爾是韓國最大的都市。）

Rafting is the most interesting of all X-sports.（泛舟是所有極限運動中最有趣的。）

2) 沒有 **the** 的最高級

副詞的最高級

She studies hardest of them.（她是他們之中最認真念書的。）

最高級和所有格一起使用時

She is my best friend.（她是我最好的朋友。）

表示同一人、同一物的性質時

This river is deepest at this point.（這條河的這個位置最深。）

3. 比較級與最高級的慣用語

■ **not**…**any longer = no longer**

not…**anymore = no more** ➡再也無法～

I cannot walk anymore. = I can walk no more.（我再也走不動了。）

■ **no more than = only** ➡僅僅、只（指「少」的意思）

She has no more than 5,000 dollars.（她只有五千元。）

■ **no less than = as mush as** ➡不少於～、有～那麼多（指「多」的意思）

She has no less than 5,000 dollars.（她的錢不少於五千元。）

■ **not more than = at most** ➡至多、最多

not less than = at least ➡至少

Mari will give Ori 5,000 dollars at most.（瑪麗最多會給奧利五千元。）

Sora paid at least 5,000 dollars.（素拉至少付了五千元。）

A 請寫出下列單字的比較級和最高級。

1. dark　　　　　　-　　　　　　-

2. big　　　　　　-　　　　　　-

3. early　　　　　　-　　　　　　-

4. famous　　　　-　　　　　　-

5. good　　　　　-　　　　　　-

6. long　　　　　-　　　　　　-

7. hot　　　　　　-　　　　　　-

8. pretty　　　　　-　　　　　　-

9. little　　　　　-　　　　　　-

10. ill　　　　　　-　　　　　　-

11. late（時間）　　-　　　　　　-

　　　（順序）　　-　　　　　　-

12. old（年長的）　-　　　　　　-

　　　（老的）　　-　　　　　　-

B 將下列英文句子翻譯成中文。

1. Mari is as beautiful as her sister.

＿＿＿＿＿＿＿＿＿＿＿＿＿＿＿＿＿＿＿＿＿＿

2. She is as young as I.

＿＿＿＿＿＿＿＿＿＿＿＿＿＿＿＿＿＿＿＿＿＿

3. Ori is not so brave as his brother.

＿＿＿＿＿＿＿＿＿＿＿＿＿＿＿＿＿＿＿＿＿＿

4. It is getting warmer and warmer.

＿＿＿＿＿＿＿＿＿＿＿＿＿＿＿＿＿＿＿＿＿＿

5. Rafting is much better than paragliding.

＿＿＿＿＿＿＿＿＿＿＿＿＿＿＿＿＿＿＿＿＿＿

6. Sora ran as fast as possible.

＿＿＿＿＿＿＿＿＿＿＿＿＿＿＿＿＿＿＿＿＿＿

7. Seoul is the largest city in Korea.

_____

8. Mari is my best friend.

_____

9. She will give him two thousand dollars at most.

_____

10. Mari is the most beautiful girl in her family.

_____

11. Mt. Everest is higher than any other mountain in the world.

_____

12. Bora is taller than any other girl in the class.

_____

C 請從括弧中選出正確的詞。

1. She studies as hard (so, as, to) her sister.
2. This is (biger, bigger) than that.
3. The weather is getting (warmer and warmer, warm and warmer).
4. The higher we climb, (the colder, the cold) it gets.
5. He worked harder than she (did, do, am).
6. She is two years (older, elder) than me.
7. Ori is the (goodest, better, best) student in his class.

[正解]

A 1.darker- darkest 2.bigger- biggest 3.earlier- earliest 4.more famous- most famous
5.better- best 6.longer- longest 7.hotter- hottest 8.prettier- prettiest 9.less- least
10.worse- worst 11.(時間)later- latest (順序)latter- last 12.(年長的)elder- eldest
(老的)older- oldest

B 1. 瑪麗跟她的姊姊一樣漂亮。 2. 她跟我一樣年輕。 3. 奧利沒有他哥哥那麼勇敢。 4. 天氣
漸漸變得溫暖。 5. 泛舟比滑翔傘好得多。 6. 素拉盡可能地跑得快一些。 7. 首爾是韓國最
大的都市。 8. 瑪麗是我最好的朋友。 9. 她最多會給他二千元。 10. 瑪麗是她的家裡最漂
亮的女孩。 11. 聖母峰比世界任何其他山還高。 12. 寶拉比她們班任何其他女生都高。

C 1.as 2.bigger 3.warmer and warmer 4.the colder 5.did 6.older 7.best

假設語氣
SUBJUNCTIVE MOOD

「我如果跟鳥一樣可以在天空翱翔…」
「你想怎樣？」
「那我就可以飛上高空，俯瞰整個世界了啊！」
「聽起來不錯！」
「瑪麗，妳希望自己可以成為什麼？」
「如果我是隻美人魚就好了…」
「美人魚？」
「這樣的話，我就可以遇見帥氣的王子了。」
「什麼？如此帥氣的我站在妳旁邊了，妳還想著王子？」

如上文所述，現實上並非如此，
但任誰都曾經想像過「如果我是～的話～」。
反正「想像」又不花錢，而且不管是現在、
過去、未來，想像的時間都可以任由自己決
定。再說，想像還可以更豐富自己的才幹呢！
如此，在做非現實的假設時，我們稱之為
〈假設語氣〉。

If you had got up early, we could have caught the bus.

如果你早點起床，我們就能搭得上那班公車了。

我們是朋友耶！

你們真的是我朋友嗎？

這下換他理直氣壯了！

好啦！你們自己去玩得開心一點！

奧利，對不起啦！我們太過份了！

別生氣了，我們一起去遊樂園玩吧！

好啊！

對了，你們剛剛說的那是什麼？

什麼？

你不是有説「如果你早點起床…」的話嗎？

是假設語氣

哈！

你不是賴床到9點嗎？

是啊！

如果7點起床的話，不就沒事了嗎？

起床啦！

事實上並非如此…

這個就稱為「假設語氣」。

3. 假設語氣的種類

假設語氣？

對了…

嘻嘻嘻一

怎麼了？你又在鬼頭鬼腦什麼？

哈哈哈！沒事啦！

哈哈哈！

快說！

自己在那裡竊笑！

剛剛講到假設語氣，我就自己在心裡想像一些事嘛！

快說！你在想什麼？

什麼啊？

快點！

好啦好啦！我說！

如果我今天起得再晚一點，你們今天連遊樂園也去不成了！

我不會放過你的！

逃跑！

咻咻一

過去假設語氣

大家聽好了！

使用在做與現在事實相反的假設時

你是有錢人嗎？

不是！

If I were rich, I would buy the computer.
如果我很有錢，我就會買那台電腦了。

不過，能當有錢人很棒對吧？

當然！

所以這種情況，就要使用過去假設法。

我懂了！

■用來假設與現在事實相反的情況：如果～就能～

If ＋主詞＋ were（或動詞過去式）～，主詞＋ would (should, might, could) ＋動詞原形

If he were at home, I would tell him about it.
if ⑤ ⑦ were（過去式）　⑤　would ⑦動詞原形

他如果現在在家，我就會跟他說那件事。（與現在事實相反）
　因為他現在不在家，所以我無法跟他說那件事。

If I were not sick, I could travel around the world.
if⑤⑦were（過去式）　⑤　could ⑦動詞原形

如果我沒有生病，我就可以環遊世界了。（與現在事實相反）
　因為我現在生病，所以無法去環遊世界。

〈直述條件句〉只是表示**單純的推測**，而〈過去假設語氣〉則是用來假設**與現在事實相反**的情況。

■直述條件句

If he is at home, I will tell him about it.
if ⑤ ⑦ 現在式　　　　⑤　will　⑦ 動詞原形

他如果在家，我會跟他說那件事。（單純的推測）

不知道他在不在家。

■現在假設語氣

If it is fine tomorrow, we will go shopping.
if ⑤⑦動詞原形　　　　　　⑤　　will　⑦動詞原形

如果明天天氣好，我們會去逛街。（單純的推測）

不知道明天的天氣。

■過去假設語氣

If he were at home, I would tell him about it.

如果他現在在家，我就會跟他說那件事。（與現在事實相反）

他現在不在家。

過去完成假設語氣

好好反省！

用來假設與過去事實相反的情況！

像我賴床錯過公車的情況，就可以使用嗎？

沒錯！如果你早點起床，我們就可以搭上那班公車了。

■用來假設與過去事實相反的情況：那時如果～就能～

If +主詞+ had +過去分詞～，主詞+ would (should, might, could) + have +過去分詞

If he had practiced harder, he would have won the game.
if ⑤ had ⑳ 過去分詞 ⑤ would have ⑳ 過去分詞

他如果有努力練習，就能夠贏得那場比賽。　事實上那時他並沒有認真練習。

If she had helped me, I would have finished it.
if ⑤ had ⑳ 過去分詞 ⑤ would have ⑳ 過去分詞

她如果有幫我，我會把那件事做完。　事實上她並沒有幫我。

If I had got up early, I could have caught the bus.
if ⑤ had ⑳ 過去分詞 ⑤ could have ⑳ 過去分詞

如果我早點起床，就能趕上那班公車了。　事實上沒能早起。

■在未來絕不可能發生的事或可能性極小的事：如果～就會～

If + 主詞 + should（萬一）/ were to（不可能的未來假設）+ 原形動詞，主詞 + would, should, might, could + 原形動詞

If I should lose the game, I would try again.
if ⑤ should ⓥ 動詞原形 ⑤ would ⓥ 動詞原形

萬一我輸了那場比賽，我會再試一次。

If I were to be a young man again, I would study harder.
if ⑤ were to ⓥ 動詞原形 ⑤ would ⓥ 動詞原形

如果我能重回青春，我會更努力讀書。

2. 特殊假設語氣

I wish~ 假設語氣

■過去假設語氣／ I wish (that) 主詞＋過去假設語氣：真希望～

I wish (that) I could meet Superman. 真希望我能遇到超人。
I wish (that) **S** could **V**動詞原形

I wish I were a poet. 真希望我是詩人。
I wish **S** **V**過去式

■過去完成假設語氣／ I wish (that) 主詞＋過去完成假設語氣：
那時如果～就好了

I wish I had been a painter. 如果我是一位畫家就好了。
I wish **S** **V**過去完成式

I wish I had known the secret. 如果我當時知道那個祕密就好了。
I wish **S** **V**過去完成式

◆ **poet** (n) 詩人 / **know- knew- known** (v) 知道 / **secret** (n) 祕密

as if / as though~ 假設語氣

■ as if (as though) ＋過去假設語氣：彷彿～

She acts as if she were the president of Korea.
　　　　　as if　Ⓢ　Ⓥ 過去式　　　　她表現得彷彿她是韓國總統。

She looks as though she were a miss. 她看起來就像小姐一般。
　　　　　as though　Ⓢ　Ⓥ 過去式

■ as if (as though) ＋過去完成假設語氣：彷彿以前～

She speaks as if she had been a princess.
　　　　　as if　Ⓢ　Ⓥ 過去完成式　　　她説得彷彿她以前是公主。

She looks as though she had been a novelist.
　　　　　as though　Ⓢ　Ⓥ 過去完成式　她看起來彷彿她以前是小説家。

but for / without N 假設語氣

but for (without) N ~, ＋過去假設語氣：如果沒有～
But for water, a mermaid could not live. 如果沒有水，人魚無法存活。
　　　　　　　　　　　could not　Ⓥ 原形動詞

but for (without) N ~, ＋過去完成假設語氣：如果過去沒有～
Without air, all animals would have disappeared.
以前如果沒有空氣，所有動物會消失。→ would 　Ⓥ 過去完成式的動詞

if 的省略

如果省略掉連接詞 if，句子的順序為「助動詞（be 動詞）＋主詞～」。
（成為疑問句的順序）

Were I rich, I could buy the snowboard.
└─ If I were ─┘ could 　Ⓥ 原形動詞　　如果我很有錢，我就能買那個滑雪板。

Had I been a skier, I could have gone to the resort.
└─ If I had been ─┘ could 　Ⓥ 若我當時是滑雪選手，就可以去那個度假村了。
　　　　　　　　　　　　過去完成式

◆ **president** (n) 總統 / **mermaid** (n) 人魚 / **disappear** (v) 消失 / **resort** (n) 度假勝地、度假村

1. 假設語氣的種類

■ 過去假設語氣（使用在做與現在事實相反的假設時）

If + 主詞 + were (或動詞過去式) ~，主詞 + would (should, might, could) + 動詞原形

If he were at home, I would tell him about it.

（他如果現在在家，我就會跟他說那件事。）➡他現在不在家。

If I were not sick, I could travel around the world.

（如果我沒有生病，我就可以環遊世界了。）➡我現在生病。

■ 過去完成假設語氣（用來假設與過去事實相反的情況）

If + 主詞 + had + 過去分詞 ~，主詞 + would (should, might, could) + have + 過去分詞

If he had practiced harder, he would have won the game.

（他如果有努力練習，就能夠贏得那場比賽。）➡那時他並沒有認真練習。

If I had got up early, I could have caught the bus.

（如果我早點起床，就能趕上那班公車了。）➡事實上沒能早起。

■ 未來假設語氣（在未來絕不可能發生的事或可能性極小的事）

If + 主詞 + should（萬一）/ were to（不可能的未來假設）+ 原形動詞，
主詞 + would, should, might, could + 原形動詞

If I should lose the game, I would try again.

（萬一我輸了那場比賽，我會再試一次。）

2. 特殊假設語氣

■ **I wish ~** 假設語氣

過去假設語氣／**I wish (that)** 主詞 + 過去假設語氣

I wish I could meet Superman.（真希望我能遇到超人了。）

過去完成假設語氣／**I wish (that)** 主詞 + 過去完成假設語氣

I wish I had been a painter.（真希望我是一位畫家。）

■ **as if / as though ~** 假設語氣

as if (as though) + 過去假設語氣（**be** 動詞是 **were**）

She acts as if she were the president of Korea.（她表現得彷彿她是韓國總統。）

as if (as though) + 過去完成假設語氣

She speaks as if she had been a princess.（她說得彷彿她以前是公主。）

■ **but for / without N ~** 假設語氣

but for (without) N ~, + 過去假設語氣

but for (without) N ~, + 過去完成假設語氣

■ **if** 的省略

Were I (= If I were) rich, I could buy the snowboard.

（如果我很有錢，我就能買那個滑雪板。）

A 將下列英文句子翻譯成中文。

1. If I were a bird, I would fly to you.

　_____

2. If I were rich, I could buy a nice house.

　_____

3. If Ori had known your phone number, he could have called you.

　_____

4. I wish she could come to my birthday party.

　_____

5. Mari talks as if she knew everything.

　_____

B 請選出符合句意的詞。

1. If Mari _____ time yesterday, she would have called you.

　① has　　　　② had　　　　③ will have　　　④ had had

2. If I had enough money, I _____ a digital camera.

　① will　　　　② buy　　　　③ bought　　　④ would buy

3. If he had had enough money, he _____ a new car.

　① will buy　　　　　　　② would buy

　③ will have bought　　　④ would have bought

4. If her father had been rich, he _____ more.

　① have studied　　　　② will have studied

　③ could have studied　④ had studied

5. If the weather is fine tomorrow, we _____ shopping.

　① were going　　　　② had gone

　③ could have gone　④ can go

請將下列畫底線部分修改為正確的語法。

1. If I <u>had enough</u> money, I could have bought that car.

_____

2. I have an old computer. I wish I <u>have</u> a new one.

_____

3. If I had enough time, I <u>would have talked</u> with you more.

_____

4. If I <u>had</u> time, I would have visited you.

_____

5. If she <u>is</u> hungry, she would have eaten something.

_____

請從下列括弧中選出適當的詞。

1. I wish I (have, had) a car.

2. Ori wishes he (is, were) rich.

3. If she had a car, she (could drive, can drive) him to the airport.

4. If it were sunny today, I (will, would) go hiking.

5. If I (have, had) enough money, I could buy a car.

6. If it (were, had been) sunny yesterday, I could have gone shopping.

7. If I have enough money, I (will buy, would have bought) the car.

8. If Mari (were, had been) hungry, she would have eaten something.

9. If it rains tomorrow, we (won't, wouldn't) go fishing.

10. If it had rained yesterday, we (won't go, wouldn't have gone) shopping.

[正解]

A 1. 如果我是鳥，我就會飛向你。2. 如果我是有錢人，我就可以買一間好房子。3. 如果當時奧利知道你的電話號碼，他就可以打電話給你了。4. 真希望她能來參加我的生日派對。
   5. 瑪麗說得好像她無所不知。

B 1. ④ 2. ④ 3. ④ 4. ③ 5. ④

C 1.had had enough 2.had / could have 3.would talk 4.had had 5.had been

D 1.had 2.were 3.could drive 4.would 5.had 6.had been 7.will buy 8.had been
   9.won't 10.wouldn't have gone

一致性
AGREEMENT

今天是期末派對的日子。
大家特別精心打扮，穿了漂亮的衣服來參加。
瑪麗穿了類似公主服的蕾絲洋裝。
黃色的蝴蝶結、閃亮亮的高跟鞋、高貴的項鍊和耳環等等。
瑪麗今天真的好美啊！

哇～奧利今天也特別打扮過呢！
頭髮用慕斯造型，黑色的西裝、帥氣的領結、白色的襯衫，
看起來就像一位大明星啊！
不過，怎麼會……？
奧利腳上穿著的鞋，竟然是運動鞋！？
都穿上如此帥氣的西裝了，應該是穿皮鞋才合適吧！

西裝配運動鞋！
奧利如此的打扮，是不是
給人一種美中不足的感覺呢？
如果英文句子也跟
服裝一樣沒有一致性，就會很
奇怪吧？
那麼，英文中的〈一致性〉
是指什麼呢？
〈一致性〉指主詞的
單複數必須與動詞的單複
數一致，主要子句的時態
也須跟從屬子句的時態一致。

1. 主詞與動詞的一致性

主詞與動詞的一致性　原則上，如果主詞為單數，就使用單數動詞；如果主詞為複數，則使用複數動詞。不過，有時會依據主詞意思的不同，來選擇使用單數或是複數動詞！

■ **A and B**

Ori and Mari are dancing. 奧利和瑪麗在跳舞。

（奧利和瑪麗，是兩個人——複數）

Bread and butter is my favorite breakfast. 奶油麵包是我最喜歡的早餐。

（塗了奶油的麵包——單數）

The singer and the dancer are sick. 歌手和舞者都生病了。

（歌手和舞者，是兩個人——複數）

The singer and dancer is happy. 這位歌手兼舞者很開心。

（歌手兼舞者——單數）

◆ **favorite** (a) 特別喜愛的 / **breakfast** (n) 早餐 / **sick** (a) 生病的

■ half of N, the rest of N, most of N 當主詞時，of 後方的名詞，如果為複數，就使用複數動詞；如果是單數，則用單數動詞。

Half of the pear is rotten. 那顆梨子爛了一半。

（一顆梨子中的一半——單數）

Half of the pears are rotten. 那些梨子有一半爛掉了。

（好幾顆梨子其中的一半——複數）

The rest of the money was spent on the books. 剩下的錢被花在這些書本上。

（錢通常被當作一個單位——單數）

The rest of the dancers were tired. 剩下的舞者都累了。

（一群舞蹈家中剩下幾位——複數）

Most of the book was wet. 那本書的大部分都濕掉了。

（同一本書的大部分——單數）

Most of the books are hers. 大部分的那些書都是她的。

（許多本書中的大部分——複數）

■ 表示時間、距離、金錢等的單字，雖然算是複數形，但如果被當作是一個整體時，仍使用單數。反之，則使用複數。

Six months is too short to learn Japanese. 用六個月來學日文太短了。

（將六個月的時間當作是一個整體——單數）

Six years have passed since I met you last.

（日子一天一天過去，有六年了——複數）我最後一次和你見面到現在已經六年了。

Six miles is a long way to walk. 六英哩的路是很遠的路。

（將六英哩當作是一個整體——單數）

■ a number of ~ （一些：使用複數）
the number of ~ （～的數量：使用單數）

A number of my friends were injured. 我的一些朋友受傷了。

（我的一些朋友——複數）

The number of my friends was large. 我的朋友的人數很多。

（我的朋友數量——單數）

◆ **rotten** (a) 腐爛的 / **tired** (a) 疲倦的 / **wet** (a) 濕的 / **injure** (v) 傷害、損害

時態的一致性　　主要子句的動詞時態，決定了附屬子句的動詞時態。

■如果主要子句的動詞為現在式、現在完成式、未來式，附屬子句的動詞可以視想要表達的文意來決定時態。

I think
（現在式）

- **that she is fat.** 我覺得她胖。
  （現在）
- **that she was thin.** 我覺得她以前很瘦。
  （過去）
- **that she will be on a diet.** 我覺得她會節食。
  （未來）

◆ **fat** (a) 肥胖的 / **get fat** 變胖 / **thin** (a) 細薄的、瘦的 / **be on a diet** (ph) 節食

■如果主要子句的動詞是過去式

1) 附屬子句的動詞若是現在式，則改成過去式。

I think that she **is** a singer.
（現在）

（過去）
I thought that she **was** a singer. 我以為她是歌手。

2) 附屬子句的動詞若是過去式、現在完成式、過去完成式，則改成過去完成式。

I think that she **was** busy.
（過去）

（過去完成）
I thought that she **had been** busy. 我以為她那時很忙。

I think that she **has been** sick.
（現在完成）

（過去完成）
I thought that she **had been** sick. 我以為她那時生病了。

3) 附屬子句的助動詞 will, can，要改成 would, could。

We believe that she **will** be a good singer.
（現在）

（過去）
We believed that she **would** be a good singer.
我們當時相信她會成為很棒的歌手。

■主要子句的動詞若是過去完成式，附屬子句的動詞則要使用過去完成式。

She had said that she had been sick. 她曾經說她那時生病。
（過去完成）　　　　　　　　（過去完成）

◆ **think- thought- thought** (v) 想、認為 / **busy** (a) 忙碌的 / **believe** (v) 相信

★時態不一致的特殊情況

1) 表示現在的習慣

Mari said that she gets up at seven every morning.
瑪麗說她每天早上七點起床。

2) 表示不變的真理、格言

She told me that the earth is round.
她跟我說地球是圓的。

3) 表示歷史事實

She said to me that Columbus discovered America.
她跟我說哥倫布發現了美洲。

4) 假設法

She said that she wished she were a bird.
她說她希望自己是一隻鳥。

◆ **discover- discovered- discovered** (v) 發現 / **round** (a) 圓形的

3. 引用句

我來造引用句

我是歌手！

She said, "I am a singer."
她說：「我是歌手」。

我把妳說的話直接搬來用！

如上所述，把聽到的內容用引用符號 " " 來傳達。

直接引用句

另一種？

She told me that she was a singer.
她跟我說她是歌手。

將聽到的內容以說話者的立場來轉述。

間接引用句

> **引用法** 指轉達他人所説的話，方式有「直接引用法」和「間接引用法」兩種。直接引用句是直接將他人所講的話，原封不動地引述，不做任何修改。間接引用句是將他人所講的話，經過修改後，以説話者的立場來轉述。

■直接引用句

1) 在傳達動詞後方，加上逗號（,）。

2) 引用句的第一個字母要大寫，並使用引用符號（" "）。

3) 依據情況，使用適當的標點符號。

She said , "I am a singer."

→ 在傳達動詞後方，加上逗號（,）

■間接引用句

1) 使用合適的傳達動詞

say, ask, say to 人 , tell 人……等

2) 將逗號拿掉，加上 that 後，再拿掉引用符號 " " 。

3) 修改引用句的人稱與時態。

4) 時間副詞、場所副詞等要做適當的修改。

（實際上會有説話者説話的時間點和要傳達的時間點上的差異，還有空間上的差異等問題，在修改上要特別注意。）

She said, " I am leaving here tomorrow."

將逗號拿掉 ←

She said that she was leaving there the next day.

加上 that 後，再拿掉引用符號 " "修改引用句的人稱與時態

她説她隔天會離開那裡。

★修改成間接引用句時，表示時間或場所的副詞和指示代名詞需做變化。

this → that（那個） **these → those**（那些）　　**here → there**（那裡）

now → then（那時）**ago → before**（之前）　　**today → that day**（那天）

tomorrow → the next (following) day, the day after（隔天）

yesterday → the previous day, the day before（前一天）

1. 主詞與動詞的一致性

■ **A and B**

Ori and Mari are dancing. 複數（奧利和瑪麗在跳舞。）

Bread and butter is my favorite breakfast. 單數（奶油麵包是我最喜歡的早餐。）

■ **half of N, the rest of N, most of N** 當主詞時，**of** 後方的名詞，如果為複數，就使用複數動詞；如果是單數，則用單數動詞。

Half of the pear is rotten. 單數（那顆梨子爛了一半。）

Half of the pears are rotten. 複數（那些梨子有一半爛掉了。）

■ 表示時間、距離、金錢等的單字，若被當作是一個整體時，使用單數。

Six months is too short to learn Japanese.（用六個月來學日文太短了。）

■ **a number of ~**（一些：使用複數）**the number of ~**（～的數量：使用單數）

A number of my friends were injured.（我的一些朋友受傷了。）

The number of my friends was large.（我的朋友的人數很多。）

2. 時態的一致性

■ 如主要子句的動詞為現在式、現在完成式、未來式，附屬子句的動詞視想要表達的文意來決定時態。

I think that she is (was, will be) fat.（我覺得她胖。）

■ 如果主要子句的動詞是過去式

1) 附屬子句的動詞若是現在式，則改成過去式。

I thought that she was a singer.（我以為她是歌手。）

2) 附屬子句的動詞若是過去式、現在完成式、過去完成式，則改成過去完成式。

I thought that she had been sick.（我以為她那時生病了。）

3) 附屬子句的助動詞 will, can，要改成 would, could。

We believed that she would be a good singer.

（我們當時相信她會成為很棒的歌手。）

■ 主要子句的動詞若是過去完成式，附屬子句的動詞則要使用過去完成式。

She had said that she had been sick.（她曾經說她那時生病。）

3. 引用句

■ 直接引用句（直接將他人所講的話拿來講述）

1) 在傳達動詞後方，加上逗號。2) 引用句第一個字母大寫，並使用引用符號 " "。

She said, "I am a singer."

■ 間接引用句（將自己聽到的內容以說話者的立場來轉述。）

1) 使用合適的傳達動詞　2) 將逗號拿掉，加上 **that** 後，再拿掉引用符號 " "。

3) 修改引用句的人稱與時態。4) 時間副詞、場所副詞等要做適當的修改。

She said, "I am leaving here tomorrow."

→ **She said that she was leaving there the next day.**

A

將下列英文句子翻譯成中文。

1. The singer and dancer is happy.

_____

2. The singer and the dancer are unhappy.

_____

3. Bread and butter is her favorite lunch.

_____

4. The number of students was large.

_____

5. I think that Mari will be on a diet.

_____

6. We believed that she would be a good doctor.

_____

7. She told me that the earth is round.

_____

B

請將下列劃線部分做正確的修改。

1. She said to me that Columbus had discovered America.

2. He said that she is leaving there the next day.

3. Mari told me that she is a singer.

4. Mathematics are difficult.

5. She said that the sun was larger than the earth.

6. Curry and rice are my favorite food.

7. He said that he is happy.

8. She said that she will do it there.

9. She asked me where I lives.

10. He asked her if she can speak Korean.

C

請將下列的直接引用句改寫成間接引用句。

1. He says, "I go to school."

_____

2. She said, "I go to school today."

_____

3. She asked me, "When do you meet Mari?"

_____

D

請從下列括弧中選出正確的詞。

1. Mari asked (how, what) was in the bottle.

2. Mari asked me where I (am, was) going.

3. Ori asked me (to, whether) I loved her.

4. Mari asked me whom (I loved, I love).

5. She asked me where (he lived, did he live).

6. He said she (studies, studied) English.

7. She said the Korean War (had broken, broke) out in 1950.

8. She said she (will, would) go abroad.

9. Ori told me that the earth (is, was) round.

10. Mari said that she (gets, got) up at seven every morning.

[正解]

A 1. 這位歌手兼舞者很開心。2. 歌手和舞者都不開心。3. 奶油麵包是她最喜歡的午餐。4. 學生們的人數很多。5. 我覺得瑪麗會節食。6. 我們相信她會成為很棒的醫生。7. 她跟我說地球是圓的。

B 1.discovered 2.was leaving 3.was 4.is 5.is 6.is 7.was 8.would do 9.lived / live 10.could speak

C 1.He says (that) he goes to school.   2.She said that she went to school that day.
3.She asked me when I met Mari.

D 1.what 2.was 3.whether 4.I loved 5.he lived 6.studied 7.broke 8.would 9.is
10.gets

特殊句型

「我愛你。」
總覺得這句話不夠力，
根本無法傳達我真正的心意。
必須使用更強烈的詞語來表達我的濃情蜜意
這種時候，
「我是真的很愛你。」
像這種句子，就是能夠強調部分句子
的〈強調句〉。

「她才一天就打破了我跟她的
約定。」
那是瑪麗跟我約定好的祕密。
所謂的「約定」就是從彼此的
信任裡所產生的約束嘛！
你問我是什麼約定？
就跟你說那是祕密啦！
「那個約定不用一天的時間，
就被她打破了。」
也有像這種變換句子順序的〈倒裝句〉。

「我玩足球，她玩網球。」
一樣都是在講運動，就不需要重複一樣的話。
也有像這種省略重複部分的〈省略句〉。

1. 強調句

■ 強調動詞　　使用 **do** 表示「真的～」

I love her. → **I do love her.** 我真的很愛她。
She came here. → **She did come here.** 她真的來到了這裡。

■ 強調疑問詞　　使用 **in the world, on earth, exactly** 等，表示「到底～」

Who in the world is she? 她到底是誰？
Why on earth are you crying? 你到底為什麼哭？

■ 強調否定含義　　在 **not** 後面使用 **at all, for the world**，表示「絕對不～、一點也不～」

She is not happy at all. 她一點也不開心。
I wouldn't do such a thing for the world. 我絕對不會做那種事。

■ 強調名詞 使用 **very**，表示「正是～」的意思

This is the very lady that I want to see.
她正是我想見的那位女士。

■ It is (was)…that…→強調句 可用來強調句子中的主詞、受詞、副詞片語等。

I met Ori on the street yesterday.

1) It was I that met Ori on the street yesterday.
昨天在路上遇到奧利的人是我。

2) It was Ori that I met on the street yesterday.
我昨天在路上遇到的人是奧利。

3) It was on the street that I met Ori yesterday.
我昨天遇到奧利的地方就是在街上。

4) It was yesterday that I met Ori on the street.
我在路上遇見奧利是在昨天。

2. 倒裝句

倒裝指改變句子的順序。

為了強調否定詞、受詞、補語、副詞等，一般會將該詞放在句首。

句首

■受詞倒裝句

She broke that promise **within a day.**

Ⓢ　Ⓥ　　　　Ⓞ　　　還不到一天，她就打破了約定。

That promise **she broke within a day.**

◆ **promise** (n) 承諾 / **within** (prep) 在～之內 / **within a week** 一週內 / **street** (n) 街道

■**補語倒裝句** 通常是因為主詞很長，因而將較短的補語提前。

Those who know the pleasure of doing good are happy.
ⓢ   Ⓥ   ⓢⓒ

Happy **are those who know the pleasure of doing good.**

知道做好事的喜悅的人是幸福的。

■**副詞（片語）倒裝句**

She walked with her friend down the street.
ⓢ   Ⓥ   副詞片語

Down the street **she walked with her friend.**
她和她的朋友沿著街道走下去。

■**強調否定句的倒裝句** 語序：否定詞 + be 動詞或助動詞的倒裝。

I never **saw her again.**
ⓢ   Ⓥ

Never **did I see her again.** 我再也沒有看過她。
never + 助動詞 ⓢ Ⓥ

Little **did she think that her daughter would become a lawyer.**
little 助動詞 ⓢ   Ⓥ   她從來沒有想過自己的女兒會成為律師。

◆ **daughter** (n) 女兒 / **lawyer** (n) 律師

3. 省略句

> **Some students go to the library, and others (go) to the movies.**
> 有些學生去圖書館，其他的學生去看電影。

明天要考試耶！

可是我還是想去看電影！

那就各自選擇吧

■在表示時間、條件、讓步的副詞子句，**主詞＋ be 動詞**可省略。

Come back by 12 if (it is) possible. 可以的話，盡量在 12 點以前回來。

■省略不定詞

She went there because she wanted to (go).
她去了那裡，因為她想（去）。

■省略反覆語句

Ori plays badminton and Mari (plays) tennis.
奧利打羽毛球，瑪麗 (打) 網球。

■比較句中的省略

Mari is as tall as I (am). 瑪麗跟我一樣高。

■其他省略句

感嘆句→人稱代名詞的**主詞＋ be 動詞**
What a pretty girl (she is)! 她真是個漂亮的女孩！
省略連接詞 **that**，**that** 引導的子句當受詞用
I thought (that) she was diligent. 我覺得她很勤奮。

■告示文

No smoking (is allowed). 禁菸　　**Safety (comes) first.** 安全第一

◆ **library** (n) 圖書館 / **possible** (a) 可能的 / **diligent** (a) 勤勉的 / **safety** (n) 安全

■強調動詞（**do**——真的～）
I love her. → I do love her.（我真的很愛她。）
■強調疑問詞（**in the world, on earth, exactly**——到底）
Why on earth are you crying?（你到底為什麼哭？）
■強調否定含義（**not ＋ at all** 或 **for the world**——絕對不～、一點也不～）
She is not happy at all.（她一點也不開心。）
■強調名詞（**very**——正是～）
This is the very lady that I want to see.（她正是我想見的那位女士。）
■ **It is (was)~that⋯** 強調句
I met Ori on the street yesterday. → It was I that met Ori on the street yesterday.
（昨天在路上遇到奧利的人是我。）

2. 倒裝句

■受詞倒裝句 **That promise she broke within a day.**（還不到一天，她就打破了約定。）
■補語倒裝句 通常是因為主詞很長，因而將較短的補語提前。
Happy are those who know the pleasure of doing good.
（知道做好事的喜悅的人是幸福的。）
■副詞（片語）倒裝句
Down the street she walked with her friend.（她和她的朋友沿著街道走下去。）
■強調否定句的倒裝句（語序：否定詞 ＋ be 動詞或助動詞的倒裝。）
I never saw her again. → Never did I see her again.（我再也沒有看過她。）

3. 省略句

■在表示時間、條件、讓步的副詞子句，**主詞＋ be 動詞**可省略。
Come back by 12 if (it is) possible.（可以的話，盡量在 12 點以前回來。）
■省略不定詞
She went there because she wanted to (go).（她去了那裡，因為她想（去）。）
■省略反覆語句
Ori plays badminton and Mari (plays) tennis.
（奧利打羽毛球，瑪麗(打)網球。）
■比較句中的省略
Mari is as tall as I (am).（瑪麗跟我一樣高。）
■其他省略句
感嘆句→人稱代名詞的**主詞＋ be 動詞**
What a pretty girl (she is)!（她真是個漂亮的女孩！）
省略連接詞 **that**：**I thought (that) she was diligent.**（我覺得她很勤奮。）
■告示文 **No smoking (is allowed).**（禁菸）

A

請將下列劃線部份改成強調用法。

1. I love Mari.
   _____

2. Mari came here.
   _____

3. I met Mari in Tokyo last summer.
   _____

4. I met Mari in Tokyo last summer.
   _____

5. I met Mari in Tokyo last summer.
   _____

B

將下列英文句子翻譯成中文。

1. Mari is not happy at all.
   _____

2. I wouldn't do such a thing for the world.
   _____

3. Why on earth are you crying?
   _____

4. This is the very girl that I want to meet.
   _____

5. Down the street she walked with her friends.
   _____

6. Never did she see him again.
   _____

7. Little did he think that his son would become a doctor.
   _____

C

請將下列句子被省略的部份寫出來。

1. Some boys go to the beach, others to the library.

   _____

2. Ori went there because he wanted to.

   _____

3. Come back by 10 if possible.

   _____

4. Ori is as brave as Mari.

   _____

5. My father eats some apples and my mother some oranges.

   _____

6. Mari likes you better than I.

   _____

7. Mari likes you better than me.

   _____

8. If necessary, I will help you.

   _____

[正解]

A 1.I do love Mari. 2.Mari did come here. 3.It was I that(who) met Mari in Tokyo last summer. 4.It was Mari that(who) I met in Tokyo last summer. 5.It was last summer that I met Mari in Tokyo.

B 1. 瑪麗一點也不開心。 2. 我絕對不會做那種事。 3. 你到底為什麼在哭呢？ 4. 她正是我想見的女孩。 5. 她和她的朋友沿著街道走下去。 6. 她再也沒有看過他。 7. 他從來沒有想過自己的兒子會成為醫生。

C 1.Some boys go to the beach, and others go to the library. 2.Ori went there because he wanted to go. 3.Come back by 10 if it is possible. 4.Ori is as brave as Mari is.
 5.My father eats some apples and my mother eats some oranges. 6.Mari likes you better than I like you. 7.Mari likes you better than Mari likes me. 8.If it is necessary, I will help you.

國家圖書館出版品預行編目（CIP）資料

我的第一本英文學習書：學好英文，隨時可以
重來/ 金暎焄, 金炯奎 合著. -- 初版. -- 臺北
市：易富文化, 2017. 05
　　面；　公分

ISBN 978-986-407-073-2

1. 英語 2. 語法

805.16　　　　　　　　106003478

我的第一本英文學習書
學好英文，隨時可以重來

書名 / 我的第一本英文學習書：學好英文，隨時可以重來
作者 / 金暎焄、金炯奎
譯者 / 呂欣穎
發行人 / 蔣敬祖
專案副總經理 / 廖晏婕
副總編輯 / 劉俐伶
主編 / 古金妮
執行編輯 / 吳紹瑜
校對 / 王傳明、辛亞蓓
視覺指導 / 黃馨儀
美術設計 / 李宜璟
內文排版 / 健呈電腦排版股份有限公司
法律顧問 / 北辰著作權事務所蕭雄淋律師
印製 / 金漾印刷事業有限公司
初版 / 2017年05月
出版 / 我識出版集團一懶鬼子英日語
電話 / （02）2345-7222
傳真 / （02）2345-5758
地址 / 台北市忠孝東路五段372巷27弄78之1號1樓
郵政劃撥 / 19793190
戶名 / 我識出版社
網址 / www.17buy.com.tw
E-mail / iam.group@17buy.com.tw
facebook網址 / www.facebook.com/ImPublishing
定價 / 新台幣 349 元 / 港幣 116 元
딱 한번 읽고 끝내는 기적같은 영문법
Copyright©2005 by Kim Young Hoon
All rights reserved.
Original Korean edition published by GITAN PUBLICATIONS
Chinese(complex) Translation rights arranged with GITAN PUBLICATIONS
Chinese(complex) Translation Copyright©2017 by iF Culture Publishing
Through M.J. Agency, in Taipei.

總經銷 / 我識出版社有限公司業務部
地址 / 新北市汐止區新台五路一段114號12樓
電話 / (02) 2696-1357　傳真 / (02) 2696-1359

地區經銷 / 易可數位行銷股份有限公司
地址 / 新北市新店區寶橋路235巷6弄3號5樓

港澳總經銷 / 和平圖書有限公司
地址 / 香港柴灣嘉業街12號百樂門大廈17樓
電話 / (852) 2804-6687　傳真 / (852) 2804-6409

2011 不求人文化

2009 懶鬼子英日語

I'm 我識出版集團
I'm Publishing Group
www.17buy.com.tw

2006 意識文化

2005 易富文化

2004 我識地球村

2001 我識出版社